滿月

本名：杜彌月
職業：廚師

以烹飪為技能的生活玩家，在「黑到不行」客棧打工，當端茶跑腿領時薪的店小二。
後來通過職業升級檢定考試，正式成為初級廚師。
其拿手菜是被好友兼毒舌婢女小翠戲稱為「夢幻便便料理」的頂級飲品「麝香貓咖啡」。
擁有謎樣的際遇與運氣，與風雨瀟瀟成親的消息一傳開，
各大賭坊都開盤賭她會「活」不過洞房花燭夜，
她卻跌破眾人眼鏡，依然是一隻活蹦亂跳的小白兔。

風雨瀟瀟

本名：蕭颯
職業：戰將
武器：紅纓梨花槍

全息網遊《天泣online》中的四大天王之一，
玩家對其有「一桿梨花震八方，莫道風雨驚斷腸」的美譽。
據說具有「天煞孤星」的絕命命格，沖剋七任未婚妻，
直到遇見滿月，才終結如此悲劇的命運。
所謂「四大天王」即玩家口中的「東有旭日，西飄雪；南見風雨，北驚雷」。
而風雨瀟瀟為南邊第一大公會「諸神黃昏」的公會長，
同時為該公會的根據地嘯鳴山莊的莊主。

娘子說了算

目錄

第一章

妹子，妳跑錯攝影棚了吧

「開啟生物辨識系統，臉部影像截取中……瞳孔定位，進行虹膜掃描……編號 88888 玩家身分確認成功，資料讀取中……」

「天運歷劫逆乾坤，泣笑敘闊渡紅塵。滿月姑娘，歡迎您再次回到《天泣 online》的奇幻世界，預祝您有一段流連忘返的旅程！」

滿月一登入遊戲，腳跟還沒站穩，就立刻拔腿往西市東南角的巷弄狂奔。不一會兒，才剛進入西市，拐了兩個彎，遠遠的就可以看見一幢老舊木製四合院矗立在闃靜的幽巷底，廊簷兩側垂著長串的紅燈籠，一側的紅燈籠上寫著「未晚先投宿」，另一側的紅燈籠上寫著「雞鳴早看天」。

抬頭一看，門口牌匾上橫書六個斗大的字：黑到不行客棧。

滿月一踏進客棧，立刻熟門熟路地往耳房鑽去，換上皂色偏襟襖、燈籠褲，繫上短圍裙，戴上一把抓的小帽，兩條麻花辮在肩上晃啊晃，活脫脫一個蘿莉店小二。

她的身高 149.9 公分，號稱 150，但店小二的制服即使是最小尺碼的，套在她身上，仍是鬆垮垮的，尤其她的骨架瘦小，看起來又比實際身高小了一號。

遊戲裡的道具都是制式的，不可能量身訂做，所以當她穿過前堂，來到食客聚集吃酒的大廳時，另一名店小二小棒槌就咧著嘴迎上來，蹦蹦跳跳地在她身邊兜轉。

「滿月，妳穿我們客棧的制服真漂亮啊！」

這句話若是從別人的嘴巴說出來，她一定會認為是諷刺，但若是小棒槌說的，那就是比24K金還真了。

據小棒槌的監護人，客棧大掌櫃的說法，小棒槌在娘胎裡就因為先天性感染而導致神經系統受損，結果影響後天的生長發育，智力發展遲緩。

小棒槌記不住這麼一長串名詞，就只記住了外婆說的，他是小時候發燒燒壞了腦子。

所以，小棒槌雖然只比滿月小幾歲，言行舉止卻像個稚齡孩子，天真又單純，愛吃又愛玩。

大掌櫃是小棒槌的舅舅，他擔心小棒槌整天在家變得自閉，也擔心他出去被人欺負，就建議自家妹子，也就是小棒槌的媽媽，讓小棒槌隨他一起玩虛擬實境的網遊，訓練小棒槌跟人互動的應對進退。

小棒槌看起來愣頭愣腦的，大掌櫃就幫他ID取名叫小棒槌。

滿月看不出來小棒槌有沒有變得比較聰明，但看得出來小棒槌很自得其樂就是了，反正有他那精明的舅舅罩著，只有小棒槌占人便宜的份。

「滿月，我們什麼時候再去捉蚯蚓？」

「昨天不是才挖了一甕嗎？」

「舅舅又買了一批雞，早上我全餵完了。」

「啊？沒了？我還想拿一點去藥鋪賣呢！常大夫這兩天正缺地龍配藥……」滿月想了一下，「等一下打完工，我要去參加職業升級檢定，等考完試，我們再去挖一些回來。前幾天我發現了一處濕地，那裡一定有很多。」

在中藥裡，蚯蚓被稱為地龍。

「我找悠葉一起去！」小棒槌拍手歡呼。

悠葉是小棒槌新交的朋友，聽說才剛升小學二年級。

「好啊，但你記得要悠葉別帶小黃啊！上次小黃把甕踢翻，將咱們辛辛苦苦挖到的蚯蚓全都放跑了！」

小黃是悠葉養的土狗。

「那我不找悠葉了，小黃很黏他，趕不開！」小棒槌很糾結。

「行啊，明天我要去抓魚，你再約他來！」

「那小黃會不會把魚給吃了？」

滿月愣了一下，「狗會吃魚嗎？」

小棒槌茫然地望著她。

「嗯……晚一點我下遊戲再上網查看看好了。」滿月撓撓頭。

小棒槌這才又露出燦爛的笑容。

兩人正說著話，滿月突然察覺一道厲芒射過來，餘光瞥去，大掌櫃正瞇眼看著她。

她縮了縮脖子，連忙打發小棒槌走，拿起抹布收拾桌子，點頭哈腰招呼客人去了。

滿月是職業生活玩家，專攻烹飪，目前是尚未通過初級檢定的見習小廚娘一枚。

遊戲中的生活技能有：煉藥、烹飪、裁縫、採礦、伐木。

各生活職業統一分成初級、中級、專業級等三階段檢定，只要通過初級檢定就能取得職業資格。比如烹飪是廚師，煉藥是藥師，裁縫是裁縫師，採礦是鍛造師，伐木則是木匠。這些生活玩家在遊戲裡扮演舉足輕重的角色，甚至可以說，沒有生活玩家，遊戲就無法成立。

這個遊戲和其他網遊不同，商城裡沒有賣什麼回血藥、回魔水，更沒有武器、防具等等。肚子餓了就要找飯吃，不吃飯，體力就會持續下降。

總而言之，肚子餓了，要找餐館；生病了，要找藥堂；穿衣服，要找衣鋪；找合手的武器，要找鐵鋪。什麼？萬一沒有玩家煉藥？好吧，那你就自立自強吧！

此外，只要符合特定的條件，生活玩家就能獨立開店鋪，才能滿足遊戲裡所有玩家的衣食住行等需求。

也因為遊戲的建置太過逼真，幾乎與現實生活無貳，所以引起不少玩家的爭議。有些人喜歡打怪升級，享受殺戮的快感，但不喜歡吃喝拉撒的瑣事，於是在網路上痛批遊戲公司不懂玩家的心理，獨斷獨行，一定很快就會營運不下去。

有些人則反而喜歡這種遊戲如人生的模式，大力讚揚製作公司的匠心獨運。

無論事實為何，全息網遊《天泣 online》還是通過了封測的考驗，正式順利上線。

雖然論壇罵聲不斷，也不曾打入遊戲週刊排行榜前十名，但至少在三個月後還是屹立不倒，足見還是有很多潛水粉絲。

新手創角時，系統就會強迫玩家站隊，若是選生活職業，就不能練戰鬥職業。當然，這不表示生活職業的玩家不能去打怪，不過沒有武力值的生活玩家，下場可想而知。而疼痛感雖然可以在創角時調降，但還是有下限的。某些特定該痛的場合，系統絕對不會手軟，因此，很少有生活玩家會傻到去挑戰自己的痛覺神經。

生活玩家賺錢的管道是憑藉技能去工作賺錢，比如滿月的專業是烹飪，就能從事一切與烹飪相關的工作，像是種稻種麥，再將米麥加工做成食材。原料如稻米、麥子等，不能賣錢，但製成食材，就能用來烹煮料理，或是販售給客棧、小吃攤等特定的店鋪。除了生產自製，便是到與自己職業相應的店家工作賺錢，比如滿月目前就在客棧打工。

當然，生活玩家也有三六九等之分。就像同樣是練烹飪的廚師，通過初級檢定和拿到專業級證書的廚師，能做的事就有高下的分別。初級廚師只能做些普通的市井料理，專業級廚師則甚至能學習御膳等貴族料理。

而戰鬥職業的玩家，其賺錢唯三的管道是打怪、解任務，以及去當鋪典當。以物易錢則另當別論，這類型的玩家可以將打怪或解任務獲得的物品，與生活玩家交換其他東西或轉賣給生活玩家。

全息網遊《天泣 online》是製作公司從上個世紀的骨灰級同名鍵盤網遊《天泣 online》重新改版而來的，僅保留了部分世界觀、戰鬥職業，其餘全部擴大重建。

戰鬥職業同樣是近戰系的劍士、戰將、刺客、盜賊，遠攻系的弓箭手，以及法術系的祭司、樂師，技能則全部重置。

這個遊戲有兩個最大的特色，一是，戰鬥職業與生活職業並重，世界方能成立。二是，遊戲裡的 NPC 全都是由製作公司招聘的人員擔任。

換言之，NPC 也是玩家，至於哪些人是 NPC，製作公司則三緘其口，據說這些人在應聘時都簽了保密合約。

就滿月猜想，《天泣 online》最吸引人的理由其實只有一個，那就是遊戲中賺得的錢，在滿足特定的條件後，能夠按比例在現實生活中兌現。她就是衝著這一點來的，這與其他遊戲有人靠販賣虛寶賺錢有異曲同工之妙。

滿月剛滿三十級，可以參加每週五晚上九點的職業升級檢定。她是在二十級時來客棧應徵店小二的，平時除了練習做料理能夠增加經驗值之外，做相應的工作也能累積經驗值。

她原本是想去位於西市東北隅的「食神客棧」應徵，可惜人家只收中級以上的廚師。事實上，莫說食神，就連自家客棧的大掌櫃也是看不上她的，要不是見小棒槌和她玩得來，她連店小二的邊都摸不上，遑論想要晉升廚師。

店小二的時薪是四十文，初級廚師的時薪則是五百文，若是研發出新菜色，還能獲得額外的分成，兩者簡直不是一個檔次的啊！

不過，還是有人做店小二做得如魚得水。

她才送走一桌客人，就見資深店小二小胡飛刀春風得意地從她面前晃過，還拍了拍她的肩，笑說：「好好幹啊！」

小胡飛刀是黑到不行客棧裡錢賺得最多的店小二，甚至不遜於廚師，因為他極具眼色，常能見人說人話，見鬼說鬼話，成功推銷出客棧擬定的「套餐」，進而從中抽成。

什麼叫套餐……

眼風一掃，有一男一女兩個玩家剛跨過門檻，小胡飛刀已經滿面笑容地迎了上去，帶位、上茶一氣呵成，那行雲流水的動作，連滿月都忍不住讚嘆。

女玩家媚眼如絲，笑得極其性感動人。

小胡飛刀的眼珠子骨碌轉了一下，傾身到男玩家耳邊小聲地道：「客官，要不要試試本店最新推出的升級版特級套餐，箇中銷魂的滋味，嘿嘿……包君滿意！」

男玩家面無表情地睨了小胡飛刀一眼，狀似不經意地問道：「什麼是特級套餐？」

「特級套餐是我們客棧精心設計的五道上品料理，人參鹿肉湯、川斷杜仲燉豬尾、鱔魚羹麵、槐花酥炸大蝦、龍眼鴿蛋，固元陽，補腎氣，保證客官吃了之後，一夜七次狼！」小胡飛刀說完，還故意趁女玩家不注意時，朝她努努嘴。

「那個升級版是什麼意思？」

小胡飛刀笑得更曖昧了，聲音越壓越低：「就是額外再免費附送甜蜜情人套房一間。」

男玩家仍舊面無表情，「升級版特級套餐多少錢？」

「客官來得正是時候，今天我們大掌櫃生日，全店套餐打八折。升級版特級套餐原價五兩，打八折只要四兩。」

四兩？滿月瞪大眼睛，那五道料理加起來根本不到二兩，上等雙人房住一晚也只要一兩二百文。四兩？這根本是赤裸裸的搶劫啊！

果然，就見男玩家一拍桌子，霍地站起身，大喝道：「他娘的，你敢瞧不起老子！」

滿月嚇了一跳，掩面龜縮，周圍客人紛紛看了過來，小胡飛刀卻仍是笑容滿面，點頭哈腰。

男玩家從腰包裡掏出一錠目測五兩的銀元寶，朝桌上一丟，然後摟住女客人的腰，撂下一句話：「把飯菜送到房裡來！」然後頭也不回地朝後面的客房走去。

小胡飛刀樂呵呵地收下銀元寶，朝灶房大聲說道：「特級套餐一份，送天字一號房！」

滿月目瞪口呆，現在是什麼情況？

「小刀前輩，你你你你……你這是詐欺啊！」

「非也非也！買賣是你情我願的事，怎麼能用詐欺這麼俗氣的形容詞？小月妹妹，無奸不成商，妳還太嫩啊！」小胡飛刀語重心長地搖搖頭。

他當然不會告訴她，他早就發現桌子底下女玩家的腳尖在男玩家的大腿內側磨蹭的事。

「……小刀前輩，我記得你前天也說過大掌櫃生日全店打八折……」

「大掌櫃哪天生日不重要，重要的是，客人相信就好！」

「萬一被大掌櫃知道了，那……」

滿月的話沒說完，大掌櫃不知從哪裡冒了出來，笑呵呵地說道：「小刀，幹得好！除了分成，月中結算工錢時，再給你加五十文！」說完，又笑咪咪地走回後面去了。

大掌櫃，咱們客棧這樣真的可以嗎？

咱們家的店小二走出去，真的不會被蓋布袋嗎？

還有，你到底哪天生日啊？

滿月囧囧有神。

「小刀前輩，我們客棧會不會被投訴……」

「小月妹妹，妳傻呀！看看我們客棧門口掛的牌匾，我們客棧叫什麼？黑到不行啊！」

黑到不行？好！

滿月陡然握起拳頭，就像打了雞血似的，抖著赳赳雄風，向門口剛進來的男玩家走去，搓著手，點頭哈腰道：「客官，歡迎光臨，這邊走！」

她那小模樣，說有多狗腿，就有多狗腿。

「客官想吃什麼？本店應有盡有！」滿月雖然在心裡給自己打氣，但說出口時，還是有些心虛，「那個……生日……」

「啊？」男玩家不耐煩地睨了滿月一眼。

被客人一吼，滿月虛抖的氣勢瞬間消失得無影無蹤，縮著肩膀，囁嚅地道：「我們大掌櫃……那個生日……」

「我知道，你們客棧大掌櫃前天生日！前天就有人說過了，這跟我來吃飯有什麼關係？難道要我送生日禮物不成？」

滿月被嗆了一下，捂著良心，軟綿綿地倒茶水、拿菜單去了。

這時，小棒槌蹦了過來，笑得比油菜花田裡的油菜花還搖曳生姿，手裡拿著一個裝著幾個碎銀子的荷包晃著，「滿月，妳看，客人給我的小費耶！」

滿月驚了，那些碎銀子加起來少說也有二三兩，這種凱子客人怎麼沒被她遇上？

待小棒槌笑著說他是在擦桌子時發現的時候，她又是一驚，這哪裡是小費，根本是客人忘了帶走。於是，連忙要小棒槌放到櫃檯，等客人回頭來認領，可小棒槌不依。

「為什麼要還？這明明是客人給我的小費！」小棒槌說著，還鄙視地瞟了滿月一眼，「妳傻呀！哪有小費要還的？」

被小刀前輩說傻就算了，被小棒槌說傻，她這是……

滿月再次捂著搖搖欲墜的良心，想著店小二與廚師的「錢途」，望著客棧牌匾上「黑到不行」幾個斗大的字，才滿二十歲的她，默默地覺得自己在人生的道路上似乎又更成熟了一些。

❁ ❁ ❁

送走了一撥又一撥的客人，九點整，距離職業升級檢定的時間只剩十分鐘。

滿月衝到耳房，扒拉開圍裙，脫掉襖褲，換上新手服裝交領碎花襦裙。

剛創角時，她跟這古人穿的衣服奮戰了將近一小時，直到現在，穿那窄袖短襦、封腰、長裙什麼的，已經像吃大白菜那樣簡單了。

離報名截止時間只剩下六分鐘，她撩起裙襬，拔腿就往考試地點奔去，心裡反覆默念著：出了城門向左邊走……第一個岔路往右邊走……丹青閣旁邊的小廣場就是報到處……報到處……報到處……

報到處怎麼……連隻麻雀都沒有？

滿月瞪著眼睛，看著廣場前一片枯葉被風吹落枝頭，打了個旋後在地上挺屍。

難道考試已經開始了？

她猛然一驚，左右張望，忽然對上一雙熠熠生輝的熱切眸子，不禁愣了一下。

眸子的主人一襲月白長衫，手持玉笛，束髮的綢帶劃過他那俊俏的臉龐，端的是風流出塵，玉樹臨風，一介翩翩濁世佳公子。尤其那雙生得好看的鳳眼，更是勾人。

見對方熱情地盯著她，她只好硬著頭皮上前，說道：「請問……」

不待她說完，對方已經徐徐笑開來，「小妹妹，妳是來報名的？」

小妹妹？

滿月微愣，隨即點頭，又遲疑地問道：「我是不是遲到了？其他人……」

對方打斷她，「來得正好，就缺妳一個了！」

「啊？嗯……其他人……」

「妳叫什麼名字？」

「……滿月。」

「滿月？思君如滿月的滿月？今夜明珠色，當隨滿月開的滿月？」

「……嗯。」

滿月有些茫然，覺得這個人好像話中有話，似是有什麼企圖。

「好名字！」對方翹起嘴角，隨意轉了一下手中的玉笛，在盈盈月光的照耀下，旋出一道漂亮的綠輝，「在下傾城公子，這廂有禮了！」

這個人……好奇怪！

我是來參加職業升級檢定，不是來參加聯誼的啊！

「請問……檢定……你是主考官嗎？」滿月臉上不由自主露出濃濃的戒備之色。

「主考官？」傾城公子背著手，晃了一下頭，「要這麼說也可以。」

滿月：「……」

傾城公子察覺滿月似乎有幾分退縮的跡象，連忙又說道：「跟我來，很快就好，不用怕！」

他這麼一說，滿月更加不安了。

傾城公子領著她穿過離廣場不遠的竹林，竹林小徑盡頭別有洞天。兩邊聳立的岩壁夾峙，飛瀑懸垂而下，沒入一彎潺潺溪澗中。溪畔綠野綿延，草坪上座落一幢簡單雅致的木造樓閣。

滿月踏進門前，餘光掃過懸掛的匾額上寫著的「懸墨齋」三個大字。

懸墨齋？考試的地方不是叫丹青閣嗎？

來不及多想，傾城公子已經帶她進到一間似乎是書房的雅間。

傾城公子逕自找了張椅子坐下，然後微笑地看著滿月。

滿月不得已，只好選了離他最遠的椅子坐，雙手交握，手指絞了半天，才支支吾吾地開口：「那個……是先考筆試嗎？」

這裡怎麼看也不像做菜的地方？難道筆試過了才是考手藝？

「筆試？我不愛筆試，我喜歡『面』試！」

傾城公子拿玉笛拍了一下掌心，笑咪咪地端詳滿月。

長翹的羽睫撲閃著猶如小鹿般澄淨的大眼睛，略帶嬰兒肥的臉頰圓潤粉嫩，像顆紅蘋果。笑起來頰畔隱約有個可愛的酒渦，那笑意像是能甜到人的心坎裡。

雖然不似之前那些女人或妖嬈或美豔，或千嬌或百媚，但是夠清純夠脫俗，而且……很有福相，看起來不像是個短命的。

想到這裡，傾城公子的嘴咧得更開了，「滿月，妳的興趣是什麼？」

滿月還沒開口，傾城公子又問道：「我可以叫妳滿月吧？」

你不是已經叫了嗎？

而且，我的興趣跟考試有什麼關係？該不會是要先做性向測驗吧？

「做菜。」回答這個，考試應該可以加分吧？

「做菜啊……」

傾城公子眉頭微蹙，比起刺繡插花、吟詩作對什麼的，好像少了點氣質，不過，算了，做菜好，更實用，看來以後可以省不少飯錢，也不用忍受路邊攤那種難吃的小老百姓料理了。

「妳是生活職業的玩家？」

「嗯。」廢話！不然我幹麼來考試？

滿月見傾城公子的眉頭蹙得更深，忍不住心跳如擂鼓，惴惴地補充道：「雖然我才三十級，不過，我覺得自己的手藝還行，我們客棧的店小二都說好吃。」

小棒槌每次都比別人多吃一碗飯。

傾城公子眨了眨眼睛，又問道：「妳喜歡什麼類型的男子？我是指，如果要找老公，妳喜歡什麼樣的？」

滿月：「……」難道接下來要合八字嗎？

她下意識地想回答「不是你這樣的」，又怕打了人家的臉，心裡萬分糾結，小臉不自覺憋得通紅，訥訥地說不出話來。

傾城公子微微一笑，那笑容極其魅惑，說不盡的風情無邊。

他一向知道女人對自己的魅力不能免疫，得意之餘，笑得更歡了，以致於忘了最初的目的，還溫聲勸誘道：「人都是視覺的動物，愛美是人的天性，沒什麼好害羞的。」

滿月頭埋到胸口，掙扎了半天，糾結了好一會兒，才飄出一句話：「你好臭！」

聞言，傾城公子的笑容僵住，心裡有千萬隻草泥馬奔過。

臭ㄚ頭，妳才臭！

公子我擦的是天香閣的「一品香」，那可是取雨水的雨水、白露的露水、霜降的霜水、小雪的雪水，再調和蘭梅蓮菊桂荷杏桃的花末做成的極品香露，百兩黃金難求，妳這個臭ㄚ頭竟然嫌臭，果然是沒見識的鄉巴佬！

傾城公子沉默而堅定地離去，滿月望著他那背影散發出來的冷落氣息，懊惱不已。

完了，毀了，升級檢定過不了了，她的廚師資格沒了！

早知道就說你笑得很猥褻，而不說你臭了！

滿月一個人如坐針氈地坐了很久，傾城公子還是沒有回來，她越來越不安，猶豫著要不要出去看看。明知道十之八九是落榜了，她還是抱著一絲僥倖的心理，也許等一下考手藝她能夠扳回一城……

她站起身，才邁出一隻腳，門就被砰的一聲踹開來，一個個頭比滿月高一點，頂著雙ㄚ髻的女孩，雙手高高撩著裙襬，氣勢洶洶衝進來，義氣深重地大叫：「小小姐，我來救妳了！」

滿月一隻腳停在半空中，錯愕地看著來人。

妹子，妳跑錯攝影棚了吧？

另一邊，傾城公子才鬱悶地步出竹林，就有一股勁風突然襲來，在他還沒有反應過來的時候，領子已經被人揪起。

他正想反抗，卻在看到對方的面癱臉之際，表情翻得比書還快，瞬間就端上一如往常如沐春風的笑臉，寒暄道：「老大，你怎麼來了？」

風雨瀟瀟俊朗寒峭的臉孔沒有半絲波瀾，目光陰鷙，盯著傾城公子看了一會兒，才把一張告示啪的甩到他臉上，冷冷地說道：「我不來，等你把我賣掉嗎？」

傾城公子定睛一看，這不是他寫了讓人貼在城內各處的徵婚告示嗎？

沒想到這麼快就被當事人發現了！無妨，反正他現在已經找到人可以交差！

「老大，你來得正是時候，這次這個真的是個不可多得的好女人，洗淨鉛華，有風有化，宜室宜家。雖然不會繡花，少了點氣質，雖然嘴笨了點，打扮寒酸了點，說話沒品質了點，見識少了點，連一品香都認不出來，可她絕對是老大你的良配！你看，她對我的魅力毫無反應，這還算是女人嗎？」

「你想把我賣給這種不是女人的女人？」

傾城公子滯了一下，訕訕地說道：「話不能這麼說，至少我跟她相談甚歡，而且最重要的是，她聽到你的名頭卻沒有跑掉……」

傾城公子拉著風雨瀟瀟往懸墨齋走，一邊走一邊絮絮叨叨，結果一踏進書房，最後一句話就梗在喉嚨裡。

眼前空蕩蕩的，那個跟他相談甚歡，聽到某人名頭沒有跑掉的良配竟然跑掉了。

風雨瀟瀟涼涼地斜睨著傾城公子，「相談甚歡是嗎？」

「那個……我不是還沒說完嗎？本來是相談甚歡，後來就不歡而散了，呵呵……」傾城公子乾笑兩聲，眼風一掃，發現桌上有一張墨跡未乾的紙，忙靠了過去，拈起紙張，一目十行，然後笑了起來，「人家可不是不告而別，而是很有禮貌地留了紙條打招呼！喏，你看，我就說是良配吧！雖然長得普通了點，但還是很有禮貌，懂得展示內在！」說著，將紙條遞了出去。

風雨瀟瀟只瞄了一眼就蹙起眉頭。

「哎，她的用詞是少了點修飾，連個用典成語什麼的都沒有，但往好的方面說，勉強算是直率吧！」傾城公子理解般的說道。

「……字……」

「啊？」

「……字太醜了！」

「……」

被嫌字太醜的女人，這時候正被一個小妮子拖著往外狂奔，直奔進城才氣喘噓噓地停下來。

「呼呼……小小小小姐……呼……到這裡應該就安安安全了……呼呼……嚇嚇嚇死我了，還以為來不及了……呼……」

我才被妳嚇死了！妳剛衝進來的模樣，像是誰家死人了一樣！

「曉妮，妳怎麼回事？我正考試呢！」滿月不快地嘟嘴。

「小小姐，那種試能考嗎？考過會死人的！」方曉妮恨鐵不成鋼地說道：「真想不通，大家避之唯恐不及的，小小姐妳怎麼自甘墮落，上趕著自己伸頭過去？幸好大小姐有先見之明，要我多多照看妳！如果不是我，小小姐妳現在早就屍骨無存了！」說完，想到什麼似的，又打了個冷顫。

滿月聽得一頭霧水，她參加個升級檢定，怎麼就自甘墮落了？

她既不走後門，也不靠後台，更沒有尋什麼潛規則，完全憑自己的實力天天向上，像她這樣的新時代奮發好青年快絕種了啊！

「小小姐，雖然妳長得矮了點，長得平凡了點，胸部沒別人大，腿也沒比別人長，沒有美色也沒有姿色，但好在心地善良，看到小強爬過，沒有膽子上去踩一腳，坐公車看見孕婦，也沒有膽子假裝看不見不讓座，雖然有一次我看到妳在裝睡……」

喂喂喂，妳到底是想誇我，還是想貶我？

「……小小姐，就算妳很淹沒人群，可是天涯何處無芳草，小翠我堅信妳一定可以找到屬於妳的牛糞！」說著，又埋怨地睨了滿月一眼，「小小姐，如果不是小翠我及時趕到，妳就成了黃花崗七十三烈士了！」

滿月：「……」小翠是誰啊？

就在不知道是哪來的小翠碎碎念了至少半小時之後，滿月終於抓住重點，原來她跑錯考場了。出了城門要向右走，不是向左走。

「錯了錯了，小小姐，妳劃錯重點了！」自稱小翠的方曉妮鄙視地看著滿月，「重點是，妳差一點就名節不保了！傾城公子可是號稱末世種馬的下流胚子，聽說只要跟他說兩句話就會懷孕！還有那個跟他狼狽為奸的風雨瀟瀟，那更是活閻王！聽說他剋妻剋子剋父剋母，剋人家祖宗十八代，城西石頭巷的黃半仙還斷言他背著天煞孤星的絕命命格，連小強從他腳邊滾過都會暴斃啊！」

「黃半仙還說王鐵鋪的老婆紅杏出牆呢，結果卻是趙裁縫包的二奶偷了別人的老公！」

滿月撇撇嘴。

「小小姐，妳又劃錯重點了！」不知是小翠還是方曉妮的方曉妮突然鄭重起來，「風雨瀟瀟剋死了七個老婆，這可是連還沒出生的孩子都知道的事，妳竟然自投羅網，這不是犯……總之，小小姐，妳傻呀！就算嫁給路邊的阿貓阿狗，都比嫁給那個活閻王好太多了，好歹還能生個貓狗出來！」

一個晚上被三個人罵傻，她真傻了不成？

「我不就是走錯考場嘛……」滿月咕噥了句，然後又好奇地問道：「那個叫什麼風雨瀟瀟的，真的剋死了七個老婆？」

人家韋小寶是娶七個老婆，這人卻是剋死七個老婆，另類的氣場強大啊！

「比剋死七個老婆還嚴重！聽說七個老婆都沒拜過堂，光是傳出要訂親的消息，就已經各種悲劇了！」

「什麼叫各種悲劇？」

「聽說第一任老婆訂親時太興奮了，跑去絕情崖採花，結果失足摔下山崖死了；第二任老婆訂親第二天，被前男友找人圍毆，殺得不敢再上線了；第三任老婆拜堂前一天，期中考考試作弊被揭發，她媽把她的電腦沒收，不准她再玩遊戲；第四任老婆才訂親，天天副本刷不過，只要組了她，必定團滅，這個魔咒直到她悔婚才解除；第五任老婆……」

「停停停，聽起來最無辜的明明就是新郎啊！」

「小小姐，寧可信其有，不可信其無！妳這麼天真，小翠我真替妳擔心！」方曉妮表情嚴肅地說道：「黃半仙說，這種天煞孤星，只要碰到他的一根頭髮，就會倒楣八輩子！」

滿月：「……」黃半仙是妳爸還妳媽，妳寧願無條件挺他，也不相信我的智商？

「小翠……嗯，不是，曉妮，妳只是我姊公司的員工，不是我們家的傭人，不用把她的話當聖旨啦！我都成年了，又不是小孩子，我會照顧自己！」

「小小姐，大小姐對小翠有知遇之恩，恩同再造，小翠發誓要為大小姐和小小姐鞠躬盡瘁，死而後已。小小姐叫小翠往東，小翠絕對不會往南。小小姐沒飯吃了，小翠會幫妳刨樹根；小小姐沒衣服穿了，小翠會幫妳找報紙；小小姐萬一被車撞成植物人，小翠會幫妳把屎把尿，世界末日來了，也不會棄妳而去！」

妳就不能少詛咒我兩句嗎？

「……小翠是誰？」

「小翠是我的ID。」

「……」

連名字都像個丫鬟，要不要這麼入戲？

「曉妮！」

「……」

「曉妮！」

「……」

「……小翠！」

「是，小小姐有什麼吩咐？」

「可不可以不要叫我小小姐？我又不是什麼豪門的千金大小姐！」

「……好吧，那我叫妳小姐。從今以後，小翠唯小姐之命是從。」現實生活中是方曉妮，在遊戲裡是小翠的小翠，立刻上前扶住滿月的手臂，「聽說城東的梅花林開了好多桂花，小姐，要不要去賞桂？桂花也很適合做成香片入茶，咱們可以摘一些回來自己泡。」

梅花林開的為什麼是桂花？

滿月扶額，這媲美奧斯卡影后的演技，這爐火純青的變臉絕技……看來，全人類都阻止不了小翠了！

她們最後當然是沒去賞花，而是跟小棒槌一起跑去挖蚯蚓了。賞花那種風雅的事，跟她這種正在和柴米油鹽醬醋茶奮戰的小廚娘打不著邊，只差一步她就能拿到初級廚師資格，就能實現租個攤位賣小吃的野望，她心裡各種恨啊！

月黑風高，三個人還是挖了三甕蚯蚓，這就是遊戲的好處，就算是晚上，該明晃的地方也沒含糊。滿月讓小棒槌先回去，她帶小翠去自己的田裡澆水。

對，她的田。她在十天前找了塊地種了大白菜和小黃瓜，那地十分偏僻，人跡罕至，所以沒被發現也沒被偷摘。沒辦法，誰叫她窮得響叮噹，租不起地。

她打算再澆個兩天水，把那些個大白菜和小黃瓜養肥了再收成。她正想得美，卻發自己和小棒槌費力搭起的破籬笆被撬了個口，她立刻就美不起來了。遠遠的，看到有個人影在她的田裡蠕動，再一細看，那人手上拔的可不就是她的寶貝大白菜。

嬸嬸能忍，叔叔不能忍，她立刻鼓動小翠，想要來個兩面包抄，當場來個人贓俱獲。

小翠瞧著那人高頭大馬，有些猶豫，「小姐，咱們兩個弱女子……」

是誰說要為我鞠躬盡瘁，死而後已的？

滿月四下張望，發現不遠處有個麻布袋。那個偷菜的小子打的好主意，連布袋都拿來了。

想起自己每天辛勤掩人耳目來澆水拔草驅蟲，無名火燒得更旺了，滿月一把抄起布袋說道：「妳從東邊，我從西邊包抄。」又從地上撿了個泥塊，「喏，布袋給妳，妳等我暗號，我一揮手，妳就蓋他布袋！我們兩個一起上，就不信擺不平這個小賊！」

滿月說完，滿腔怒火化作氣勢洶洶，堅定地往前走去。

「小姐！小姐……」小翠連聲叫道。

「妳如果害怕就在這裡等著，我自己去！」滿月頭也不回地撂下話。

「錯了錯了，小姐，那邊是東邊，妳走錯了！還有，妳布袋忘了給我啊！」小翠急道。

滿月愣了下，臉微紅，忙轉身往回走，把布袋遞過去，又嚴肅地說道：「這些菜是我砸了身家財產買種子種的，絕對不能竹籃子打水，讓那些手腳不乾淨的人不勞而獲！雖然這是遊戲，但遊戲也要有遊戲的格調，我們怎麼也不能讓那些小人得志，對吧？」

小翠被糊弄得愣愣地點了點頭。

滿月見小翠有些上道了，立刻又添了一把火，「妳就把那人當成傾城公子那個末世種馬打就對了！」

聽到這話，小翠忽然來了勁，不知從哪兒掏出一柄亮晃晃的大刀，興致勃勃地問道：「小姐，妳看這把刀可以嗎？是不是比妳手上的泥塊可靠多了？」

弱女子會沒事帶把大刀滿街跑嗎？

滿月眨了眨眼，問道：「這刀妳哪弄來的？」

「黃半仙給我的！」

得，這個黃半仙才是真正打不死的小強！

「偷竊罪不致死，我們不能殺人！」滿月鄭重地說道。

小翠有些不捨地把大刀收回道具包裡，「那……末世種馬……」

人家末世種馬是強了妳還是妳爸媽，至於把人家往死裡打嗎？

想到傾城公子那張笑得有些賊的嘴臉，滿月突然覺得他有些無辜。

小翠不死心地又從包裡翻了幾樣東西出來，「這是夾竹桃，會讓人心跳變慢，然後死掉，不行……這是篦麻子，會讓身體麻痺，幾小時之後死亡，也不行……這是毒箭木，一沾到就會立刻死掉……這是斷腸草，會讓人腹痛而死……這是鴆酒，喝一口就回天乏術了……」說著說著，皺起眉頭來，「真是的，怎麼沒個能用的東西！」

滿月目瞪口呆，這內心得有多陰暗，才會隨身帶著這些東西跑來跑去？

小翠又把道具包翻了幾番，滿月突然瞥見幾枚五芒星形，狀似飛鏢的東西，好奇地拿起來問道：「這是什麼？」

「這是我的武器星芒鏢。」小翠想了想，撇嘴說道：「這東西好沒用，打不死人！」

滿月：「……」

原來小翠的職業是盜賊！

滿月看看手中的泥塊，看看腳下的布袋，翻了個白眼。

於是，她改變戰略，以自身作餌，要小翠伺機而動，待她引起賊人的注意，她就從後偷襲。打不死人沒關係，打個半死就夠了。

小翠這個人雖然有點「二」，但緊急時還是挺可靠的。她一跳出去，賊人發現後想逃跑，跑了兩步，小翠的飛鏢脫手而出，一擊必殺，賊人轉眼就被砸昏了。

滿月崇拜地看著小翠，「沒想到妳這麼厲害！」

小翠像是也沒想到，瞪著自己的手有些發愣，「我……我這是第一次打中……」

滿月：「……」

滿月蹲下來查看賊人的狀況，不料賊人忽然動了一下，她嚇得跳起來退開。

過了一會兒，見對方沒了動作，忍不住走近，卻發現他閉著眼睛，嘴唇蠕動著，像是在說什麼。她大著膽子湊過去，有氣無力、斷斷續續的聲音從那人嘴裡飄出來：「……好餓……」

弄了半天，這人不是被砸昏的，而是餓昏的！

不得已，滿月只得和小翠兩人合力把這人暫時扛回客棧去，當然免不了收到兩枚來自大掌櫃的白眼：我這裡可不是慈善救濟院！最後還輕飄飄地丟下一句：「他的飯錢和房錢從妳的工錢裡扣。」

小翠同情地看了滿月兩眼。

職業升級考試沒趕上，辛辛苦苦種的大白菜被拔了幾顆，還要被扣工錢，她能再更倒楣一點嗎？事實證明，倒楣這種事，跟無恥一樣是沒有下限的。

小胡飛刀靠了過來，視線在滿月身上來來回回，那目光說有多曖昧就有多曖昧，看得她頭皮直發麻。

小胡飛刀竊笑了好一會兒，才用手肘碰了碰滿月的手臂，低聲說道：「滿月，有個人等妳很久了！我說妳打工時間結束了，應該不會再回來，那人卻是一聲不吭，乾坐著喝茶，咱們客棧的茶都快被他喝完一輪了，沒想到還真被他等到了！那痴心的勁兒喲，蒼天可表啊！」

滿月一臉莫名其妙，她在遊戲裡認識的人不多，除了客棧的人，還是客棧的人。心裡這麼想著，抬腳就往小胡飛刀指的大廳角落走去。

雖然已經很晚了，但遊戲嘛，就是晚上才熱鬧，很多人白天要上班上課，只有晚上才有時間，所以即使是晚上十一點了，客棧還是熙來攘往，人聲鼎沸。

不過，大廳雖然吵鬧，某個角落卻莫名的安靜。

角落裡，只見一個身著黑色勁裝的男子正默默地喝茶。

那人沉默不語，也沒有多餘的動作，周身隱隱散發著冷冽的氣息，讓旁邊的人都不由得自動保持距離。滿月直覺把他歸類到凶神惡煞之流，沒想到細一打量，卻發現這人長得很英俊，只是眉眼間彷彿籠罩著千年寒霜，襯得那目光更為犀利，薄抿的唇更為冷酷。

滿月戰戰兢兢地蹭了過去，「那個……」聲若蚊蚋。

男子似是沒發現，完全沒反應。

滿月猶豫著故意輕咳了兩聲，男子才慢慢看了過來。

滿月與他四目交接，心頭一驚，忙移開視線，瞥向桌上擱著的黑布包著的長條狀物事，那東西目測幾乎跟她的身高一樣長，甚至更長。形狀看起來，像是長槍，這人的職業多半是戰將。

想著想著，她忍不住嚥了一下口水，搜索枯腸半天，怎麼也想不出來自己到底是在哪裡惹到了這號人物。

氣氛陷入詭異的靜默，滿月察覺到男子冰冷的視線落在自己身上，可硬是沒吭聲。

她掙扎了一會兒，正想強迫自己開口，對方突然說話了。

「我是風雨瀟瀟。」

那口氣很冷淡，沒有半點情緒，甚至還有些唯我獨尊的意味在裡面。

風雨瀟瀟？

滿月眨眨眼睛，怎麼有點耳熟……

下一秒，她像是被雷劈到似的，猛然瞪大眼睛，張著嘴巴，訥訥地說不出話來。

風雨瀟瀟？

那個天煞孤星！

那個小強從他腳邊滾過都會暴斃的活閻王！

想到這裡，滿月呆呆地向他腳邊看去。

風雨瀟瀟看著她的臉從糾結到茫然到錯愕，如包子般軟嫩的臉蛋憋得紅撲撲的，像顆鮮軟欲滴的桃子，眼底不禁劃過一閃即逝的笑意，然後又恢復平素的冷漠。

接著，他在滿月呆傻的注視下，丟了一錠金元寶在桌上，拿起布包揚長而去。

滿月愣愣地看著對方消失在門口，好半天才回過神來。

這人到底是來幹麼的呀？

第二章

你才炮灰，你全家都是炮灰

滿月直到第二天再進入遊戲，小翠猶如奔喪似的哭著朝她撲過來，她才知道「惡名昭彰」的天煞孤星昨天來的目的──相媳婦。

「小姐啊，妳怎麼那麼命苦啊？雖然妳長得比路人差了點，又矮了點、胖了點，腿也短了點，反應還遲鈍了點，更不會看人臉色，可人家不是說傻人有傻福嗎？怎麼小姐妳都這麼傻了，還是沒有福氣啊？」

滿月：「……」妳才傻！妳家方圓百里都傻！

「小姐啊，那是剋父剋母剋妻剋子，還剋小強的活閻王啊，妳一點戰鬥力都沒有，連個廚師檢定都考不過，像妳這樣又笨又呆的人，怎麼會有人腦子抽風看上妳？小姐啊，明明妳只會挖蚯蚓，成事不足敗事有餘，最後要倒貼才嫁得出去，為什麼還落得這麼淒涼的下場？妳叫老爺和老夫人情何以堪啊？」

滿月：「……」老爺和老夫人是誰啊？還有，妳一天不咒我會死嗎？

小棒槌急得滿頭大汗，他不明白為什麼有個叫「沒人」的來了之後，大家都變得很古怪，小翠還哭得像死了爹娘。

他不明白小翠的話，但聽到這句「只會挖蚯蚓」，不樂意了，就板起臉糾正道：「小翠，我跟滿月還會抓魚、打木瓜！」想了想，又補了一句：「我們還會擦桌子、送茶給客人！」

小翠頓了一下，哭得更來勁了。

滿月揉了揉額頭，無奈地說道：「妳能不能先跟我說到底發生什麼事，說完了再哭！」

小翠哀怨地瞄了滿月一眼，那一眼盡是委屈，好像滿月是那個「強」了她又不肯負責的負心漢一樣。瞄完了，又低頭小聲哭了起來。

「滿月，『沒人』來了！」小棒槌宛如宣告什麼般的說道。

「嗄？」

「『沒人』來了！」

「嗄？」

「『沒人』來了！」

「嗄？」

見不得兩人像青蛙般呱呱呱的傻樣，神出鬼沒的大掌櫃飄了出來，慢條斯理地說道：「媒人上門，替風雨瀟瀟求娶妳來了！」說完，又樂呵呵地像遊魂似的飄走了。

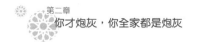

「啊——」

受到滿月這一聲驚叫的刺激，原本低聲哭泣的小翠陡然士氣大振，又放聲哭了起來，「小姐，妳怎麼能嫁給那個活閻王？嫁了他就會各種悲劇啊！連小強都會暴斃，妳一定會各種死啊！」

滿月：「……」妳逮到機會就非得咒我是吧？

滿月無聲嘆氣，她什麼都沒做，怎麼就被那個天煞孤星惦記上了？

想起他「死」了七個老婆的剋妻傳聞，她忍不住捏了捏自己的臉頰，難道她看起來很長命？

呸呸呸，她本來就很長命！

「曉妮！」

「……」

「曉妮！」

「……」

「……小翠！」

「嗚嗚嗚……是，小姐……嗚嗚……」

「妳知道要去哪裡才能找到風雨瀟瀟嗎？」

小翠這下不哭了，連忙緊張地問道：「小姐，妳想做什麼？妳別想不開呀！他一根頭髮就能把妳灰飛煙滅，一個眼神就能讓妳無地自容，妳那點戰鬥力就只能欺負蚯蚓，騙騙小棒槌！人家常說，好死不如賴活著，沒見過小姐這種自己去找死的人！」

「滿月才沒有騙我……」小棒槌咕噥道。

「我不是要去打架，我只是想跟他談談。」滿月無奈。

小翠狐疑地看她一眼，見她目光坦然，只好答道：「出了城東南郊三十里清泉坡上的嘯鳴山莊是他的據點，聽說他還有很多藏身的地方，不過沒人知道。」

「妳怎麼知道嘯鳴山莊是他的據點？」滿月奇道。

「黃半仙說的。」

滿月：「……」這個黃半仙簡直是神話般的存在！

「我也要去！」小棒槌一向愛湊熱鬧。

「好啊，如果大掌櫃同意，我們就一起去！」

小棒槌蹦跳著找舅舅去了。

「小姐，帶小棒槌去太危險了吧？」小翠遲疑，「我們要不要雇幾個保鏢……」

滿月想起昨天那個男人的模樣和看她的目光，下意識說道：「不用了，我們又不是去打架，再說，我覺得他不像是那種人。」

「好吧，那我準備準備！」

「準備什麼？」

「常大夫那裡進了新的毒草藍烏拉花，聽說配製出來的毒藥讓人麻痺的效果更好，一會兒我去補個貨。」

滿月：「……」妳到底跟誰有深仇大恨，要隨時帶那麼多毒藥？

出城後到清泉坡的路途非常順利，滿月對三十里有多遠沒概念，她沒錢買馬，本想當郊遊走去，幸好小翠機靈借了牛車，大掌櫃還大方地把小胡飛刀借給三人當車夫。

不過，他們只走到清泉坡下，就被兩個人攔住了。

「站住！前面是私人領地，再敢硬闖，休怪我們不客氣！」一個人持劍大叫道。

滿月幾個人沒辦法，只得下車，滿月對小胡飛刀說道：「小刀前輩，你先回去，我們自己進去就好了。」

小胡飛刀猶豫了一下，「那好吧，我還要回去幫忙，你們快談完時飛鴿傳書給我，我再過來接你們。」

遊戲裡有幾種傳訊的方式，飛鴿傳書是最省錢的，放麻雀傳信又是最慢最便宜的，滿月這個一窮二白的傢伙，包裡只有麻雀。

滿月看著小胡飛刀駕車走了，才轉頭對攔路的人說道：「這位大哥，我們想找風雨瀟瀟，能不能幫忙通報一下？」

「去去去，我們家老大也是你們隨便就能見的！」另一個背弓箭的人嗤道。

「切，你少狗眼看人低！擦亮你的狗眼，看看站在你面前的人是誰？」小翠昂頭插腰，毫不客氣地堵回去，「這位小姐可是你家老大的準新娘，敢叫我們滾，小心回頭你家老大叫你吃不完兜著走！」

滿月：「……」喂喂喂，我們是來拒婚的，不是來拉仇恨的！而且，是誰哭得一把鼻涕一把眼淚說我會各種死？是誰說不能嫁給天煞孤星？怎麼現在我又變成人家的準老婆了？

持刀的人一驚，結結巴巴地問道：「妳妳妳妳就是滿滿滿月嫂嫂嫂子？」

滿月無奈點頭，「我是滿月。」嫂子什麼的就不必了！

背弓箭的人忽然仰頭大叫一聲，拔足往清泉坡上奔去。

他的那聲叫，嚇了滿月三人一跳，這是怎麼了？

持刀的人一反咄咄逼人的姿態，這會兒卑躬屈膝得像是太監對老佛爺，「嫂子和嫂子的朋友，小的帶你們過去，大夥兒現在一定都等著迎接嫂子了！」

我不是你們的嫂子……

滿月到嘴邊的話又嚥了回去，算了，等見到你家BOSS再澄清好了！

然而，在見到大BOSS之前，她得先殲滅無數的小嘍囉。

當一行人踏入嘯鳴山莊大門時，通道兩側分別肅立了兩條長長的人龍，黑壓壓的腦袋羅列，一眼望去，看不到盡頭，氣勢十足。

幾人剛站定，立刻有人喝道：「敬禮！」

「嫂子好！」眾人整齊劃一的高聲問候響徹雲霄。

滿月瞠目結舌，這是在演哪齣？

就在她尚未從震驚中回神時，又有人指揮道：「呼口號！」

於是，一眾大小嘍囉全都梗直了脖子，扯開喉嚨唱道：「恭迎嫂子今來到，嘯鳴山莊風光好。人人都說嫂子妙，前凸後翹真妖嬈。眼兒大來妹兒嬌，老大洞房吃不消。嫂子好，嫂子妙，嫁給老大死不了。」

吟唱剛落，指揮的那人突然急得大吼：「錯了錯了，那是念給前任嫂子聽的，新任嫂子沒奶又沒腰！」

……

整個清泉坡突然陷入了詭異的寧靜，滿月只覺得頭上有幾朵烏雲緩緩飄過。

不過，如果她現在回頭看，就會發現聽到屬下通報，剛趕回來的風雨瀟瀟臉更黑。

風雨瀟瀟冷冷地瞥向旁邊滿頭黑線的傾城公子。

傾城公子感受到某人身上散發出來的森森寒氣，忍不住乾笑兩聲，訥訥地辯解道：「我這不是想幫你做公關做形象，才教他們這些話的嗎？誰知道他們這麼笨，竟然搞錯人了！呵呵，呵呵……」

與其他的全息網遊不同，這個遊戲的創角沒有改變外貌的功能，所以上輩子作惡多端的，你就繼續出去嚇人吧；祖墳冒青煙的，你就繼續得意吧。

滿月低頭看著自己的胸部，不知打哪兒冒出來的天煞孤星突然從她身邊走過，在接近她時還特意放慢腳步，直視前方，目不斜視，面無表情，用只有兩個人可以聽到的聲音說道：「我喜歡小的。」

滿月：「……」為什麼我一點都沒有覺得被安慰到？

一幫小弟早在看到風雨瀟瀟出現的時候，就跑得無影無蹤了。

滿月說要跟風雨瀟瀟聊一下，風雨瀟瀟便要傾城公子帶小翠和小棒槌去吃點心。

小棒槌不想離開滿月，風雨瀟瀟就說要讓人帶他去挖蚯蚓，他樂顛顛的一溜煙跑了。

至於小翠，她怎麼可能讓滿月跟那個連小強都會剋死的人獨處，當然是說什麼也不肯走。

「小翠姑娘，嘯鳴山莊後花園正值月季盛綻之時，所謂葉裡深藏雲外碧，枝頭長借日邊紅，這花中皇后當有美人相配，不知在下是否有榮幸邀姑娘賞花品茗，談詩論詞？」傾城公子笑得極為儒雅風流。

小翠莫名其妙看著這個華麗麗的孔雀男，問道：「你是誰？」

「在下傾城公子，這廂有禮了。」傾城公子微笑。

傾城公子？

末世種馬！

跟他說兩句話就會懷孕！

小翠一呆，猛地用手摀住嘴。

她對傾城公子的大名早就如雷貫耳，卻從未真正照過面，沒想到會在這裡見到他。

傾城公子見對方沒有預期中受寵若驚的反應，還流露出略微嫌惡的眼色，忍不住皺眉，

「小翠姑娘，在下誠心相邀……」

他一開口，小翠又連連退了幾步，手摀著嘴，頭搖得像波浪鼓一樣。

傾城公子第一次遇到有女人明白表示出對他的反感，當下不高興了，氣質也不端了，斯文也不顧了，一個箭步就來到她面前，「妳——」

他才剛說了一個妳字，小翠突然尖叫。

傾城公子被驚了一下，下意識伸手去摀她的嘴。

小翠張嘴狠狠咬了下去，傾城公子吃痛，卻沒有鬆手，只罵罵咧咧：「呸！看到本公子還鬼吼鬼叫，有妳這種女人嗎？」說著，不待小翠反應，一手把她拽了起來，扛在肩上，大步離去。

滿月張口結舌，望著一邊尖叫一邊拳打腳踢的小翠就這麼被人綁走。

風雨瀟瀟很淡定，面不改色地引著她往嘯鳴山莊裡頭走去。

滿月無奈，默默跟在風雨瀟瀟後面，一邊觀察周遭的景況，一邊偷空打量風雨瀟瀟挺拔的背影，只覺得這個人不僅強勢且冷漠，果然有幾分天煞孤星的涼薄。

拐了幾個彎，穿過一處庭園，來到座落於正堂旁邊的廂房裡。剛才在大門口明明看到一眾大小嘍囉，可他們一路走來，卻半個人影都沒瞧見，不知道是不是刻意躲開了。

風雨瀟瀟逕自倒了一杯茶給她，然後在桌邊坐下。

對方連個客套的開場白都沒有，她只好自來熟地坐在他對面，捧起茶杯小口啜飲。

嗯，這茶比他們客棧的好太多了，不知道是用什麼茶葉泡的？

初級廚師才有資格拜讀《茶經》，專業級廚師才能求教茶道祖師陸羽大師，習得頂級茶技。革命尚未成功，她這枚見習小廚娘仍須努力。

滿月一邊喝茶一邊神遊，風雨瀟瀟也沒說話，看著壁上掛著的大元九州疆域圖，不知道在想什麼。

遊戲背景設定是虛構的元朝，取自《易經》中「大哉乾元」之意。九州大陸則仿上古華夏九州，中央大陸偏東南，分瀾、越、中、宛等四州，京都雍城居於四州之間。中央大陸西以壽潦海拒雲州並雷州大陸。北邊則隔著澳海，與北方大陸上的寧州、瀚州、殤州遙遙相對。另有九州南邊的東夷、南越、百濮、夜郎，以及西邊的狄、北邊的林胡等蠻族不定時擾亂大元。

蠻族地圖尚未開放，玩家出生地有三：一是中央大陸的雍城，二是西方大陸的景城，三是北方大陸的雲城。中央大陸氣候適中，物產豐饒，多平原丘陵，以農作物、藥材及棉花、蠶絲等經濟作物為出產大宗；西方大陸氣候乾燥，多沙漠岩地，以金銀銅鐵等礦物為出產大宗；北方大陸氣候酷寒，多冰原峻嶺，以獸皮、林木等等為出產大宗。

滿月在創建角色時，很幸運地出生在中央大陸的雍城，否則憑她那乾癟的小身板，還沒來得及有什麼作為，小命就先交代了。

廂房裡沉寂了很久，滿月首先回過神，順著風雨瀟瀟的視線望去，就見壁上掛了一幅幾乎占滿半面牆的大元輿圖，圖旁還題了兩句詩：「靈景馭長空，浩氣凌九州。」

「這詩題得真好！」滿月讚嘆道。

「這是輕塵作的詩。」

「傾城公子？」滿月有些驚訝，隨即了然地點頭，「嗯嗯，他說起話來文謅謅的，活像個老學究，的確是他的風格！」

滿月話鋒一轉，「不過，這字有稜有角，筆力遒勁，很是大氣，倒跟他那小家子氣的性格不像，真是人不可貌相啊！」說完還故意煞有其事地搖了搖頭。

風雨瀟瀟聽滿月前頭說得有趣，眼裡也有了一絲笑意，待聽到她說這字寫得很是大氣，不由得有些不自然地別開頭。他一向沒什麼多餘的動作，所以這點小動作當然會被滿月注意到。

滿月眨了眨眼，反應迅速地問道：「難道這字是你寫的？」

風雨瀟瀟僵了一下，微微點頭，顯然是不太習慣被人稱讚。

滿月覺得有些新奇，眼前這人有些傻氣的模樣，怎麼也跟傳聞中的活閻王搭不上邊，忍不住直勾勾地盯著看。

上次匆匆一會，只覺得他長得俊挺有型，雖然不像傾城公子那般俊美，讓人驚豔，卻很陽剛很英氣，如果不是總端著冷冰冰的表情，也會是讓女人迷戀的那一型。

至少很合她的意。

被女孩子這樣毫不避諱地大方打量，風雨瀟瀟頗為尷尬，想了想，便咳了一聲，提醒她。

滿月會意過來，乾笑道：「抱歉抱歉，你長得太帥，我不小心看呆了！」

話一出口，不止風雨瀟瀟愕然，連滿月自己也不好意思起來。

於是，廂房裡又再次莫名其妙安靜下來。

滿月有些頭痛，這個男人話好少呀，怎麼能讓女孩子主動呢？

正糾結著，風雨瀟瀟突然開口了。

「我是真心誠意的。」

「啊？」話少就算了，至少要有頭有尾啊！

……

……

滿月：「……」大哥，好好把一句話說完有這麼困難嗎？

滿月嘆氣，正想說話，風雨瀟瀟又說了：「我會用命護妳周全。」

滿月的心裡咯噔一下，難道這是傳說中的告白？

她長這麼大，還沒享受過被人告白的滋味啊！

滿月的心臟怦怦狂跳，粉紅色的泡泡直往頭上冒，然而滿室旖旎的氣氛，卻被風雨瀟瀟的下一句話打得飛到天外天。

「雖然妳未成年，談結婚早了點，但事急從權，在下只好唐突為之。若是有所冒犯，還請妳多包涵，不過，我會盡全力保證妳的安全。」

未成年……

未成年……

未成年……

你才未成年！你們嘯鳴山莊全都未成年！

風雨瀟瀟見滿月木然不語，以為她仍是擔心，就又老實地補充說道：「妳可以把我當哥哥，結婚只是名義上的，我需要解夫妻任務，所以……」

「……我有姊姊了，不需要哥哥。」滿月聲音平板。

風雨瀟瀟沉默了，他不是個喜歡強人所難的人，也知道自己在外頭的名聲，因此早就打消結婚的念頭，只是有些任務卻是夫妻才能解得了的，所以他才會放任傾城公子幫他滿世界裡找老婆。

那天他聽傾城公子說了滿月的事，突然福至心靈地想著去看她一眼。

他很驚訝她年紀這麼小，雖然只是遊戲，但要他找個小朋友當老婆，他多少還是有些介意。

不可否認，她圓圓潤潤的模樣讓他看了很舒心，可惜太小了。最後還是傾城公子勸他，過了這村就沒這店，而且他不能卡著不升級，不然就等著被人吞了，他才勉強說服自己請官府的媒人去求親。

兩人沉默了片刻，風雨瀟瀟站起來說道：「我送妳回去。」

滿月沒動，而是開口問道：「你知道北方大陸寧州境內的長白山上有千年人參嗎？」

形狀如人，功參天地，謂之人參。千年人參更是極品中的極品，能入藥、能食補，具有長生不老、起死回生的神效。只是人參千年成精，有人靠近就會鑽入土中或林中藏匿，很難抓到，以致於有價無市，即使在黑市掛天價也買不到。

風雨瀟瀟點頭。

滿月沒接著往下說，反而來了不相干的一句：「我滿二十歲了。」

風雨瀟瀟頓了一下，突然尷尬得不知道該說什麼。滿月個頭嬌小，看起來比實際年齡小了至少三、四歲。

「我不缺哥哥，缺老公。你帶我去長白山挖人參，就用那個當聘禮。」滿月笑咪咪的。她垂涎千年人參很久了，那可是能做出御膳的極品特材，但她一個人連雍城北邊的瀾州都無法平安越過，更別說是去隔了座海的寧州長白山了。

滿月覺得風雨瀟瀟可能急著解夫妻任務，就又體貼地說道：「我們可以先結婚，聘禮後補。」

「好。」

風雨瀟瀟看著滿月如花般的笑臉，心中的陰霾瞬間散去，難得的也跟著勾起嘴角，

就在這時，門被砰的踹開，來人撩著裙襬，氣勢洶洶地大叫道：「小姐，我來救妳了！」

滿月：「……」這情景怎麼那麼眼熟？

「臭丫頭，妳就不會說人話嗎？只會動手動腳，算什麼英雄好漢！」傾城公子風風火火地跟了進來。

「我本來就不是英雄好漢！」小翠說完，忙又摀住嘴。

滿月看到傾城公子左眼圈微微泛著青紫，錯愕地問道：「你的眼睛怎麼了？」

傾城公子還沒開口，小翠先哭上了，「小姐，妳要為小翠做主啊！這個下流胚子想對我亂來，我一個弱女子手無縛雞之力，拚死才逃出他的魔爪，我的清白差一點就毀在他手上了！嗚嗚嗚……」

滿月看看毫髮無傷的小翠，又看看頭髮蓬亂、腰帶被扯掉一半、衣服皺巴巴，還青了一隻眼的傾城公子，對於小翠強大的武力值，有了全新的認識。

滿月離開嘯鳴山莊的第二天，全雍城都知道風雨瀟瀟「又」要娶老婆了，黑到不行客棧也從這天開始座無虛席。小胡飛刀賺小費賺得不亦樂乎，大掌櫃收錢收得嘴角麻酥，滿月卻是被人看得滿心堵了又堵。

根據小翠串街走巷得來的消息，雖然廣大的婦女同胞對她寄予無限的同情，但各大賭坊還是再次開起了賭局，賭她會各種悲劇，甚至派人來客棧緊迫盯人，觀察她的氣色和臉色，猜測她何時會各種死。

據說，賭她拜堂前一天出事的賠率最高，因為風雨瀟瀟歷任準新娘多半在那天發生狀況。

「小姐，他們真是太過分了，竟然咒妳活不過洞房！」小翠憤憤不平地抱怨：「像小姐這麼傻的人，至少也一定可以撐得過拜堂！人家都說紅顏薄命、天妒英才，小姐又醜又笨，怎麼可能活不過洞房？」

滿月：「……」其實我覺得妳比他們還過分……

大掌櫃笑咪咪地飄了過來，「滿月，別人不信妳，但我們客棧絕對支持妳！」

滿月受寵若驚，她以為大掌櫃眼中只有錢。

小胡飛刀也拍了拍她的肩膀，「加油，別被流言打敗，我們挺妳！」

其他店小二也紛紛靠過來為她打氣。

滿月一時感動得說不出話來，上下團結一心的感覺實在是太好了！

「滿月滿月，我也挺妳！」小棒槌蹦了過來，「我把木筒的錢全拿去下注了，賭妳結完婚可以活一個月！賭坊的老闆說，這是最長的，都沒人下注呢！」說完，拍了一下胸膛，昂起頭，得意地擺出一副「我們是好麻吉，我很有義氣，快稱讚我吧」的表情來。

「嘖嘖嘖，小棒槌，你這錢註定打水漂了！我觀察過小月妹妹的氣色，賭成親後半個月悲劇的贏面最大！」小胡飛刀故作替小棒槌可惜地搖頭。

「嗄？半個月？我賭十天耶！」

「喂，你有沒有同事愛啊？我至少還賭了二十天！」

「哈，我跟小刀哥一樣，也是賭半個月耶，太好了！」

大家嘰嘰喳喳議論著，場面一時很熱鬧，吵了好一會兒，大掌櫃才輕飄飄地撂了一句：

「你們都太嫩了，我賭三天！」說完，慢慢地飄走了。

滿月：「……」

就知道不該對你們這幫人有不切實際的幻想！

團結一心什麼的，滾一邊去吧！

不只是黑到不行客棧，清泉坡上的嘯鳴山莊也正嚴陣以待。

議事廳裡，傾城公子故意走過來又走過去，坐在桌前的風雨瀟瀟視若無睹，握著一枝彩漆纏枝蓮紋紫毫筆，專心致志地書寫。

江南石上有老兔，吃竹飲泉生紫毫；宣城之人采為筆，千萬毛中揀一毫。這枝紫毫筆是風雨瀟瀟某次解限定任務偶然獲得的，沒什麼功能，但貴在合用。他自小學習書法，對筆墨什麼的，有特別的偏好。

傾城公子來回踱了幾圈，見風雨瀟瀟還是沒反應，不由得沒趣地撇撇嘴，「外頭都吵翻天了，就你這個準新郎官還像根木頭似的！」

風雨瀟瀟的筆頓了一下，依舊沉默地在紙上遊走。

傾城公子興致勃勃地湊到桌前，賊兮兮地笑道：「怎麼？不去看你家的小白兔？」

風雨瀟瀟停下筆，拿起紙把墨跡吹乾，斜睨傾城公子一眼，「你很閒？」

「忙得咧！」傾城公子邀功似的誇張應道：「為了老大你的婚事，我東奔西走，晚上沒空去瀟湘樓會我的瀟湘美人，白天沒時間去月華軒安撫我的月華仙子，兄弟做到這樣，我真是前無古人後無來者啊！我連鳳凰酒樓都預定好了，定要幫你辦一場最盛大的酒宴！」

風雨瀟瀟沒理會傾城公子的胡謅，淡淡地說道：「取消！」

「嗄？鳳凰酒樓可不是一般人訂得到的，我費了很大的功夫……」

「取消！」

傾城公子凝視著風雨瀟瀟一會兒，最後別開眼，咕噥道：「你也太過小心了……」

「我不想她在拜堂前出事。」

聞言，傾城公子的臉色沉了下來，冷聲說道：「總有一天，要讓那些整出你那個什麼絕命命格的人付出代價！」

「輕塵！」風雨瀟瀟沉聲道。

「我知道啦，現在還不是時候，我會忍！」傾城公子又恢復一貫嬉笑的表情，「對了，聽說你家小白兔要長白山的千年人參作聘禮？行啊，眼光夠毒，那個參童不好抓，你該不會是得罪小白兔，她才故意刁難你吧？」

『我不缺哥哥，缺老公。』

腦海中突然浮現滿月的話，風雨瀟瀟難得露出窘迫的神情，抿著嘴唇，撂下一句：「我有事出去一下。」說完，落荒而逃般匆匆離去。

傾城公子大笑，待不見風雨瀟瀟的背影，面色旋即冷了下來。

他獨自在書房中不知在思索什麼，過了好半天才喚了聲：「來人！」

一名青衣覆面的男子從簷下暗處跳下，落地無聲，躬身道：「公子。」

「小一，加派一組人馬守著黑到不行客棧，務必寸步不離滿月姑娘，但不要讓她發現了。」

「是。」小一應完，又遲疑地問道：「要知會老大嗎？」

「不用了，在老大成親之前，不要拿雞毛蒜皮的小事煩他！」傾城公子說著冷笑起來，「瀾州那些傢伙又開始有動作了，當我們這邊的人都死了嗎？你去安排，讓兄弟們全力護航老大的婚禮，敢鬧事的全都殺無赦！」

這意思，自然是要殺到對方不敢上線了。

小一得令，縱身又隱去身影。

傾城公子狀若無事般的站起身，轉了一下手中的玉笛，再度揚起溫和的笑容，一派風流地悠悠哉哉踱出書房。

風雨瀟瀟才策馬出嘯鳴山莊不久，就有人向他稟報傾城公子的動作。

他沉吟了一會兒，說道：「傳令下去，這段時間眾人全都聽候他差遣，我會當作不知道，你們也不要露了馬腳，下去吧。」

來人拱手，應聲退去。

風雨瀟瀟本是朝雍城方向而去，察覺到有人跟蹤，於是故意在原地兜轉，最後在雍城南郊十里的一處廢棄道觀前兩棵交纏的陰陽樹旁停下。

陰陽樹，一生一死，一枯一榮，一枝葉繁茂蒼鬱，一枯椏殘敗破落。

據說陰陽樹能通陰陽路，不須經忘川河就能入鬼門關。

風雨瀟瀟跳下馬，放任馬兒在旁邊的草坪覓食，獨自坐在陰陽樹下，一腳屈起，一腳伸直，泰然自若地養精蓄銳。不一會兒，他的頭頂一暗，有人圍了過來。

來的一行有五個人，或仗劍或負弓箭，或持長槍或執法杖，顯然是有備而來。

「風雨瀟瀟，好久不見，今天我們該來算一算舊帳了！」

領頭的男子虎背熊腰，個頭不輸風雨瀟瀟，還跟他一樣，職業是戰將。

他陰狠地瞪視著風雨瀟瀟，就像老虎看到落單的獵物般，露出猙獰的目光。

「聽說你要結婚了，我呸！天煞孤星也妄想抱女人，這是老子今年聽過最大的笑話！今天老子就要你死無全屍，讓你到黃泉路上想女人！哼哼，你的女人老子就好心幫你用了，如果她伺候得我夠爽，老子也許會發善心送她去見你！」

「新哥，別跟他廢話了，他只有一個人，我們想怎麼玩他就怎麼玩！」

「嗤，新哥，這傢伙看起來沒你說的厲害嘛！看那蠢樣，就是個紙老虎！等一下我先上，先讓我玩兩下，我等得手都癢了！」

風雨瀟瀟像是沒聽見來人的冷嘲熱諷，他緩緩站起身，手指摩挲過身後陰陽樹的樹幹，眸色漸深，不知道在想什麼。直到來人刷的亮出兵器，他才像是回過神似的轉向他們。

一眼掃過去，幾個人心頭一凜，只覺得他的目光宛如寒潭，異常冰冷。

風雨瀟瀟提起一旁倚著陰陽樹的長形布包，單手一振，包布鬆脫，露出一桿七尺紅纓梨花槍。三寸銅刃隱隱散發著冷銳精芒，襯得幾綹垂落的槍纓越發豔紅似血。

一舞絕塵動四方，橫劈天地久低昂。

所有的古武器裡，他最喜歡長槍。

出招時虛實相應，勢不可擋；回撤時迅疾如風，穩重大氣。

宛如書法，運勁則有稜，轉腕則蓄情。

合他的心，也遂他的意。

殺人也更加得心應手。

就在這時，一陣涼風吹來，他想起什麼似的，下意識望向雍城的方向，渾然不覺從各方迎襲而來的刀劍。

另一邊，滿月也福至心靈地看向客棧外的人流，有些心不在焉。

「小姐，妳想什麼呢？客棧之前『畢業』的廚師啊，小二哥、小二姊啊，都回來看妳了，小姐的人緣好好喔！看，他們送了這麼多好東西呢！他們真好啊，還要小姐不要怕，一定可以活著拜堂！」小翠翻著滿滿一桌的魚啊肉啊的食材，眼睛笑得彎彎的。

滿月：「……」他們明明是回來看我各種悲劇的！

「小白兔想男人了吧！」一股熱氣陡然從滿月耳邊吹過，她打了個激靈，連忙摀住耳朵。

大掌櫃嘿嘿低笑了兩聲，又慢慢走開了。

小翠瞪直了眼，視線從她臉上慢慢移到她稱不上丘陵的胸脯，最後移向她扁平的屁股，嘆了口氣，搖搖頭，又嘆了口氣。

滿月：「……」妳不如直接開口侮辱我！

剛好從旁邊經過的小胡飛刀，曖昧地竊笑了一下，「小月妹妹，妳的客人來囉！」

「小刀前輩，現在不是我打工的時間！」

「這樣啊，沒辦法，我讓小棒槌去招呼好了！」小胡飛刀故意道：「希望小棒槌扛得住咱們的天煞孤星……」

小胡飛刀話沒說完，滿月霍地站了起來，「我忘記我剛才讓小棒槌幫我跑腿了，我替他送茶去！」說完，像風般顛顛跑向前面的大廳了。

「女大不中留啊……」小胡飛刀嘆氣。

滿月一跑到大廳，視線就與正走進來的風雨瀟瀟對上，她立刻笑著迎上去。

風雨瀟瀟看著滿月紅撲撲的臉蛋，忍不住也勾起嘴角。

這時，小棒槌滿頭大汗地跑過來，「滿月滿月，賭坊老闆說他們最多只讓客人下注妳成親最長活一個月，沒有兩個月的，妳要不要改買一個月？」

滿月默默地抬頭望著窗外的藍天：天空啊天空，為什麼你是天空？如果你是一塊大餅，把我砸死了多好啊！

接下來幾天，滿月在眾人「殷殷期盼」的目光中，「奇蹟」般的平安度過各種悲劇，直到成親的前一天，還是勇猛的小白兔一隻。

星期六晚上，也就是明天晚上，她和風雨瀟瀟就要拜堂，不過她沒時間搞婚前憂鬱，今天晚上的職業升級檢定才是重頭戲。

小翠自告奮勇去幫滿月打聽了考試的內容，回來後就笑咪咪地說道：「小姐，妳可以放心了，考試不看長相和身材，妳升級有望了！」

滿月：「……」沒有人在擔心那個好嗎？

「可是考試要比腦子，小姐得撐著不犯傻才行……」小翠又緊皺眉頭，好像真的很擔心似的，自言自語說道：「小姐的廚藝很兩光，唉，不知道評審接不接受賄賂……」

滿月：「……」我就不能光明正大參加考試嗎？

滿月正在黑到不行客棧的灶房裡臨陣磨槍，一邊聽著小翠打聽來的消息，一邊對著灶臺炒她那第一百零一盤豆腐。試了各種火候和時間，斟酌各種分量的調味料，企圖找出最完美的組合。

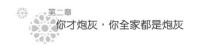

試吃的人，當然是有著一口「毒舌」的婢女小翠一枚。

當熟悉的香味再次傳來，小翠終於蔫了，弱弱地問道：「小姐，除了炒豆腐，妳就不能做點別的菜嗎？」

滿月俐落地起鍋，隨口應道：「當然可以！等今晚考完試，我就可以學炸豆腐、蒸豆腐、膾豆腐、湯豆腐、紅燒豆腐、麻婆豆腐……啊，還有豆腐沙拉！」

小翠看著滿月豆腐般白嫩的臉，覺得自己未來幾個月都不想再看到豆腐了。

就在這時，看到門外走來一個最近每天都會看到的身影，她眼睛一亮，端起第一百零一盤炸豆腐就迎了上去，「姑爺，快來吃小姐的豆腐！」

滿月大窘。

姑爺？叫得要不要這麼自然？

之前還說人家剋死小強，現在就變成姑爺了！

還有，那個吃我的豆腐是什麼鬼？

滿月看到風雨瀟瀟腳步頓了一下，不知是為了這聲「姑爺」，還是那句「吃小姐的豆腐」。

「姑爺，我們家小姐的豆腐可好吃了！又甜又香，保證吃了一口，還想再吃第二口！姑爺，你沒吃過我們家小姐的豆腐吧？我們家小姐的豆腐可是前無古人，後無來者，念豆腐之悠悠，獨美味而口水下……」小翠忘我地自吹自擂。

滿月掩面，不想去看小翠這個沒神經的傻ㄚ頭。

風雨瀟瀟看了看盤子裡的豆腐，又看了看滿月圓潤的臉蛋，很淡定地兩三口吃個盤底朝天，最後面無表情地點頭說了句：「不錯。」

「小姐，姑爺說妳的豆腐好吃耶！」小翠又驚又喜。

萬惡的一語雙關啊！

滿月不理小翠，逕自對風雨瀟瀟甜甜一笑，風雨瀟瀟在旁邊的椅子上坐下。

這幾天他天天來客棧，從早坐到晚，兩人已經頗為熟悉了。

小翠的視線在兩人之間來回，突然賊兮兮地嘿嘿笑了兩聲，湊到滿月身邊，用手肘頂了頂她，小小聲地說道：「小姐……嘿嘿……我知道我知道……」說著，又曖昧地看了一眼正自顧自喝茶的風雨瀟瀟，「呵呵……我知道我知道……」

滿月：「……」妳到底知道什麼了？

小翠捣嘴竊笑，貼著牆壁，賊頭鼠腦地滑了出去。

風雨瀟瀟不是個多話的人，但又覺得應該說些什麼，想了想，說了句：「辛苦妳了。」

「彼此彼此。」滿月乾笑。

風雨瀟瀟連著幾天來客棧，其實什麼事都沒做，滿月在忙時，他就一個人坐著喝茶；滿月不忙時，就靠過去陪他說兩句話，當然幾乎都是她在說。

今天也是，他又陪著耗了大半天。她沒問過他來的目的，只問了一句「你不忙嗎」，他回答「有輕塵在」，她就沒再過問他的事了。

夫妻什麼的，遊戲而已嘛！

然而，當小翠看到風雨瀟瀟一個人面不改色地解決掉三大板豆腐時，忍不住瞪眼，驚嘆自家姑爺強大的戰鬥力之餘，也對他那堅強的腸胃佩服得五體投地。

什麼叫做「問世間，情是何物？直教生死相許」？這就是了！

於是，當小翠崇拜地目送風雨瀟瀟那此刻媲美孔老夫子般高大的背影離開之後，語重心長地說道：「小姐，姑爺肯為小姐這樣的人生死相許，簡直是腦子被馬匹踢了，妳可是死也不能放開他的大腿！萬一姑爺哪天腦子恢復正常，小姐就要一輩子當老處女了！」說著說著，突然獰笑起來，「要不然，小姐先下手為強，把姑爺灌醉，然後……哼哼……生米煮成熟飯，就不用擔心姑爺落跑了……嘿嘿……」

小翠，妳平常不是隨便的人，可沒想到妳隨便起來，簡直不是人啊！

「妳的口水快流下來了。」滿月好心地提醒。

送走了風雨瀟瀟，滿月也跟著出客棧往升級檢定的報到處走去。

有鑑於她上次跑錯考場，小翠這次堅決陪同。

小棒槌也跟來了，他是來參加升級檢定的。

小棒槌也是生活玩家，跟滿月一樣練烹飪，只是他從沒做過菜，滿月很意外大掌櫃會讓小棒槌來。大掌櫃美其名曰：「讓小棒槌見見世面！」也說是說，志在參加，不在得獎。

其實滿月沒有那麼擔心，經過前幾天收集來的情報，初級檢定很簡單，人數不算多的生活玩家在遊戲裡是很寶貴的，遊戲公司沒必要刁難人。而她之所以會那麼努力練習，只是為了多加一層保險罷了。

不過，簡單歸簡單，看到排在她前面「志在參加」的小棒槌捧著「初級廚師合格證書」蹦跳著出來時，她驚到了，「小棒槌，你你你你……你考過了？」這遊戲快倒了嗎？

「是啊，考試好簡單呢，只有傻子才考不過！」小棒槌笑嘻嘻地說道。

「考官人好嗎？」這考官的眼光肯定與眾不同！

「很好啊！」

「怎麼個好法？」

「說話很溫柔，跟舅舅一樣，會笑著聽我說話。」小棒槌想了一下，又補充一句：「他還摸了我的頭。」

說話很溫柔？還對考生笑？

當滿月走進丹青閣正廳，看到坐在桌前那個臉臭得活像被人倒會的後媽面孔的青年時，腦海裡只浮現一句話：「小棒槌，你剛才絕對是見鬼了！」

那青年瞄了滿月一眼，滿月惴惴不安地走過去，剛站定，視線就落在桌上立著的名牌，上面寫著「初級廚師檢定官：彭祖」。

彭祖？那個歷史上活了八百歲的彭老先生？他怎麼會是考官？

滿月驚疑地看看名牌，又看看青年。

「彭祖不是只幹了活到八百歲這件事！」青年不耐煩地像看白痴般的看著滿月，顯然已經不知道有多少考生跟她一樣，問了同樣的問題。而在滿月再次做出跟前面無數名考生接下來的疑問相同的表情之前，他又口氣極差地補了句：「彭祖也有過二十歲！」好吧，大概所有人都覺得彭祖應該一生下來就是個老頭子。

滿月沒想到她什麼都沒說，青年就看出她心裡的疑惑，在聽到後面那句話，不由得下意識地脫口而出：「我以為你三十歲了！」

正廳裡頓時安靜下來，滿月覺得，那個「說話很溫柔」、「還對考生笑」的考官，正默默地離她遠去。

「……你叫滿月？」彭祖看著報名表。

「是！」滿月迅速立正站好，中氣十足地大聲應道。

「好名字。」

「……謝謝考官！」滿月含淚，前一個這麼說的人，想把她賣給惡鬼啊！

「妳會做什麼料理？」

「報告考官，我的拿手菜是炒豆腐！」

「哦，那做個紅燒豆腐來看看。」

「啊？」不是炒豆腐嗎？

「有疑問？」

「報告考官，紅燒豆腐是初級廚師才會的……」滿月囁嚅道。

「所以？」彭祖皮笑肉不笑地挑眉。

滿月打了個寒顫，隨即挺起胸膛，大聲說道：「所以，小女子我會抱著冒險犯難的精神努力做出來！」

外面，小翠和小棒槌正蹲在路邊閒聊，小翠好奇地問道：「小棒槌，考試都考什麼呀？」

「考官問我叫什麼，還問我會什麼。」

「那你怎麼答的？」

「我說我叫小棒槌，會抓蚯蚓、打木瓜、抓魚，還會擦桌子、送茶水。」

「然後呢？」

「然後他就摸摸我的頭，說我很厲害。」小棒槌得意地拍了拍胸膛。

小翠也摸了摸小棒槌的頭，又問：「然後呢？」

「然後他說……他說……」小棒槌表情茫然，後面的話他聽不懂。

「這樣啊！」小翠沒再追問，反而露出欽佩的目光說道：「小棒槌真聰明，竟然拿到初級廚師的證書，等我們回去，大掌櫃肯定會嚇一大跳！」

小棒槌有些羞澀地撓撓頭，「沒有啦，只要不是傻子，都考得過！」

「嗯！」小翠用力點頭，「雖然我家小姐常犯傻，關鍵時刻更傻，但應該不會傻到得罪考官才對，不然就真是傻蛋一個了！」

然而，當她口中常犯傻的小姐苦著臉捧著紅燒豆腐出來的時候，她就知道自家小姐果然真是傻蛋一個了。

「小姐，考得怎麼樣？」

「妳知道彭祖嗎？」滿月神情嚴肅地問道。

「那個活了八百歲的老人。」這跟小姐考試有什麼關係？

「他不是只幹了活了八百歲這件事。」

「啊？」小姐考試考到發傻了……

「彭祖也有過二十歲，不是看起來像三十歲的二十歲。」滿月鄭重地說道。

「啊？」

「所以我決定下禮拜再來一次。」

「……」也就是說，沒考過了……

「喏，妳想吃的紅燒豆腐！」滿月把盤子塞給小翠，然後帶著一身風塵，壯懷激烈地走進月華如練的夜色之中。

小翠看看豆腐，又看看小姐那透著幾分悵然、幾分清愁的背影，連忙追上去，朝著她的背後大叫：「小姐，我想吃的是麻婆豆腐，不是紅燒豆腐呀！」

滿月的腳步踉蹌了一下，所以說，裝詩意裝深沉什麼的，最苦逼了！

不過，下一秒，滿月就體會到比裝深沉更苦逼的事了。

她才悲壯地走了幾步，就聽到背後傳來一陣馬蹄聲，然後就是小翠的驚叫聲。

一個灰衣人勒著韁繩，一手撈著小翠，從她身邊奔過，撂下狠話：「告訴風雨瀟瀟，想要回他的新娘，就一個人到屠龍坡來！」

滿月只呆了一秒，隨即大叫：「喂，你抓錯人了，我才是新娘！」

對方頓了一下，調轉馬頭停下，狐疑地打量她，又低頭端詳自己抓住的人，然後不屑地朝滿月「嗤」了一聲。

好吧，她的腿是比小翠短了一咪咪，腰比小翠粗了一咪咪，胸部比小翠小了一咪咪，臉也比小翠胖了一咪咪，但好歹也是屬於「天生麗質」之流，你個「天生勵志」的，嗤什麼嗤啊！

「放開我放開我放開我！」小翠被夾在半空中踢腿尖叫，雙手還不忘護住手上的豆腐，「你個瞎了賊眼色盲兼弱視還亂視白內障心肝脾肺腎流膿爛瘡斜眼歪嘴生孩子沒菊花老爹老娘祖上沒積德才生你個鼠頭鼠腦醜比咕嚕賤比種馬左腦是水右腦是水泥一動滿腦子就阿搭馬孔固力左臉欠抽右臉欠踹驢見驢踢豬見豬踩人渣中的賤人禽獸中的極品一整個抽象主義野獸派加後現代%$@#$%^*&$@……（以下省略八百字）」

滿月目瞪口呆，連灰衣人也被小翠吐出的一長串不需要標點符號、不需要換氣的潑婦罵街驚悚到了，他長這麼大，沒見過比他媽還利的嘴，一時間惱羞成怒，「死女人，給老子閉嘴，不然老子就地強了妳！」

小翠陡然安靜了，但也只靜了那麼一下，滿月聽她吸了一口氣，立刻又放聲大哭：「哇爹啊娘啊你們怎麼那麼早就棄小翠而去讓小翠被人欺負小翠清白沒了就只能去妓院賣身了爹啊娘啊你們在天之靈要保佑奸了小翠的賊人肚爛腸穿生痔瘡%$@#$%^*&$@……（以下省略三百字）」

滿月：「……」妳昨天不是說妳爸媽坐飛機去二度蜜月了嗎？那個在天之靈是怎麼回事？

灰衣人的嘴角抽了兩下，「靠！老子他娘的一根手指都沒碰到妳！」

小翠默了一下，又抽抽噎噎地道：「嗚嗚……反正你等一下就會剝光我的衣服強了我……嗚嗚……小翠好命苦啊，小翠不想去賣身啊，嗚嗚嗚……」

「幹！風雨瀟瀟是哪裡找來這個死女人！」

滿月：「……」我剛剛就說了，我才是新娘啊！

灰衣人惡狠狠地看向滿月，怒喝道：「叫風雨瀟瀟他娘的三個小時內來屠龍坡，不然我就讓兄弟們輪……」

小翠聽到「輪」字，一口氣又提了上來，正要張嘴，灰衣人惡聲惡氣地先發制人：「靠！妳給老子閉嘴！」甩頭又轉向滿月，「叫風雨瀟瀟他奶奶的三十分鐘內滾過來，不然我就讓兄弟們輪流監視她，不給她飯吃不給她水喝，活活餓死她！」

滿月：「……」你剛才不是說三個小時嗎？

灰衣人撂完話，就抓著小翠揚長而去，在他們快出她的視線之前，滿月突然想起什麼似的，對著他們的方向高聲喊道：「喂，你說要去哪裡換人啊？」

灰衣人早就被這兩個女人搞得瀕臨崩潰的邊緣，聽到滿月這麼一叫，差點掉下馬，他鐵青著臉，回頭破口大罵：「屠龍坡屠龍坡屠龍坡屠龍坡屠龍坡！他娘的，妳再問一次，老子砍妳全家！」

滿月扁了扁嘴，覺得自己很委屈。

小棒槌終於等到自己出場了，他完全搞不清楚發生什麼事，見到小翠被人帶走，才問道：「滿月，小翠要去哪裡？」

「小棒槌，小翠被人抓走了。」

「她為什麼被人抓走啊？」小棒槌一臉茫然。

「那個人以為小翠是我，就把她抓走了。」

小棒槌想了好一會兒，才想明白滿月的話，皺著眉頭說道：「那個人好傻呀，妳跟小翠長得不一樣啊，像我就不會把妳們弄錯！」

「他不是覺得我們長得一樣才弄錯的，他是因為小翠比我漂亮才弄錯的。」

小棒槌看看滿月，又看看灰衣人離去的方向，恍然大悟，用力點了點頭，「我懂了！」

滿月莫名地覺得好空虛啊！

在客棧等滿月三人回來的風雨瀟瀟和傾城公子，聽到小翠被綁架，都感到很驚訝。

小棒槌很熱心地解釋道：「因為小翠比滿月漂亮，所以就被抓走了！」說完，抱著他的初級廚師合格證書，喜孜孜地去找大掌櫃現寶了。

滿月默默地看向窗外，今天怎麼還沒下雨啊……

風雨瀟瀟瞄了滿月一眼，低頭喝茶不語。

傾城公子輕咳了兩聲，說道：「屠龍坡是『地獄歸來』那幫人的地盤。」

「地獄歸來？」風雨瀟瀟頓了一下，似乎沒有什麼印象。

「就是兩個月前被你送回地獄的那個破公會，他家老大好像叫什麼不敗戰魂，我們解任務時曾經偷襲你，後來整個公會被你滅了。」傾城公子皺眉，「這些傢伙還真是不死心，看來給他們的教訓還是太輕了……」

你一個人滅了人家整個公會？滿月傻眼，這狂暴的武力值，根本是逆天啊！

風雨瀟瀟發現滿月的臉微微繃緊，以為她在擔心小翠，下意識伸手摸了摸她的頭，安慰道：「放心吧，她會沒事的。」

傾城公子翻了個白眼，撇嘴道：「有事的是別人吧？小翠那個女人比鬼還可怕，我看擄走她的那幫人，說不定現在早就團滅了！」說著，撫著左眼下方，想起被小翠亂拳打到的那一記，又咕噥道：「我看以後誰來挑釁咱們，咱們就把小翠送去禍害人家，還不用費一兵一卒……」

滿月：「……」你當我家小翠是人間凶器啊？

「現在是誰跟著她？」風雨瀟瀟問道。

「是小三吧。」傾城公子不甘願地說道：「說不定連小三都被那女人禍害了！」

「嗯，那應該還沒到屠龍坡，他就可以把人救回來了。」風雨瀟瀟端起茶杯又喝了一口。

「小三？」滿月愣了愣。

傾城公子解釋道：「我們早就猜到有人會對妳下手，讓老大成不了親，所以派人暗中保護妳。小三的身手很好，現在差不多救到人了。」

滿月：「……」小三啊小三，為什麼你是小三？叫小四小五小六都好啊！如果你媽知道你被人家叫小三，她會多痛心啊！

說人人到，幾個人正說著話，小翠就從外面風塵僕僕進來了，一看到滿月，立刻撲了過來，「小姐，小翠回來了，小翠差一點就見不到妳了，嗚嗚嗚……」

滿月又驚又喜，抓著小翠，上上下下前前後後左左右右打量了老半天，確認她沒有受傷後，才鬆了口氣說道：「幸好妳沒事！」

傾城公子看向跟在小翠身後的黑衣男子，問道：「小三，你在哪裡救到她的？進屠龍坡了嗎？有沒有跟地獄歸來的人交手？」

小三僵了一下，略微尷尬地答道：「我在城外五里處的茅草屋遇到小翠姑娘的，當時只有她一個人，沒有看到抓她的人。」

聞言，眾人不約而同看向小翠，滿月問道：「小翠，妳……」

「我趁他拉肚子的時候逃走的。」小翠哽咽地應道。

滿月想到什麼似的，不由得又問道：「妳是不是對他下藥……」

小翠的哭聲止住，沉默了好一會兒，才小小聲地答道：「他搶了小姐的紅燒豆腐，我就偷偷在裡面下了巴豆粉，然後就……」說著又啜泣起來，「嗚嗚……對不起，小翠沒用，沒有保護好小姐的豆腐……嗚嗚嗚……」

「哪來的豆腐？」傾城公子好奇地問道。

我們能不能別再提什麼鬼豆腐了？

「那是我考試時做的紅燒豆腐。」滿月訕訕地說道。

「嗚嗚……小姐，那個人好壞，說妳做的豆腐醬油放太少了，有幾塊沒燜熟，難怪考試沒有過……嗚嗚嗚……明明我都說小姐平胸短腿又沒腰臀，臉也比我大，他就是不信，壞人……嗚嗚……」

滿月：「……」

傾城公子不禁「噗哧」一聲，眼角餘光收到風雨瀟瀟撇過來的厲眼，忙又板起臉，故作若無其事地看向別的地方。

風雨瀟瀟想安撫滿月，無奈口拙，憋了半天，只憋出一句：「妳的臉不大，只是圓了點。」

這下子，傾城公子不止是竊笑，雙肩已經忍不住抖動起來了。

風雨瀟瀟的臉立刻黑了，他拎起傾城公子的後衣領，直拎出客棧外才鬆手，而且臉色變得比在裡面時更冷酷，甚至透著幾分肅殺之氣。

傾城公子見他這樣，知道他是動真格的了，就在他開口之前先叫了聲：「小一。」

話音才剛落，小一不知從哪兒冒了出來，躬身拱手道：「公子。」

「帶人端了地獄歸來的老巢，一隻兔崽子也不能放過！」傾城公子冷聲吩咐道，他知道如果是風雨瀟瀟親自動手，那不止是在遊戲裡，只怕連人家在現實生活中的身分都會給扒出來……

小一應了聲「是」，隨即縱身離去。

傾城公子回頭發現風雨瀟瀟垂著眼皮不知道在想什麼，眼珠子轉了幾圈，換上笑臉說道：「老大，我看你和嫂子就不要等明天拜堂了，等一下就去月老廟。地獄歸來那些個蠢貨鬧出這事來，其他人暫時應該不敢輕舉妄動，只怕這會兒正在一邊觀望一邊重新布署，想著明天來鬧。你們不如趁現在大家還在隔岸觀火，先把這婚結了，省得夜長夢多。」

「這樣太委屈她了。」風雨瀟瀟皺眉。

傾城公子聽到這話，愣了好半天，突然笑出了聲：「老大，看來你是真的很中意我們滿月嫂子了！」

風雨瀟瀟瞥了眼傾城公子，冷著臉又走進客棧。雖然覺得這麼倉促對滿月不太公平，但輕塵說的話沒錯，若是等到明天，只怕麻煩更多。因此，他雖不樂意，卻也只好去徵詢滿月的意見。

滿月本來就沒什麼別的心思，早結晚結，或是怎麼個結法都沒差。就她來說，其實早一點結更好，免得老是有一堆人賭她各種死。

整天被人用那種死了爹媽的目光盯著，任誰也會覺得不舒服，所以風雨瀟瀟一問，她當下就同意了。

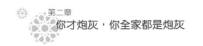

第三章

姊不認識尤物，只認得魷魚

在遊戲裡結婚的儀式頗簡單，不需要真的過六禮，只要將男女雙方的生辰八字拿到天外天的月老祠給月下老人，換取紅色的姻緣線，兩人的名字入於月老的姻緣簿上，就算結婚成功。

玩家們常調侃的拜堂入洞房，並不是必要的儀式，只是很多男玩家為了討女玩家歡心，會訂酒樓充當喜宴場所及新房，至於新郎是否真能把新娘拐入洞房，就看新郎的本事了。

傾城公子本來想讓自家老大風光一把，也讓新任嫂子明白他們是重視她的，所以才會預訂全雍城最豪華的酒樓鳳凰樓大宴賓客，不過情況有變，只好從簡。新郎和新娘、傾城公子和小翠，一行四人直奔月老祠而去。

幸運的是，月老祠沒有想像中的人來人往，只有小貓兩三隻。幾人觀察片刻，待人都散去，才進入月老祠。

月老祠裡僅有一個小僮在招呼，那小僮眉清目秀，看起來只有十來歲，像是國中的年紀，只是並沒有國中生該有的活潑跳脫，見風雨瀟瀟幾個人進來，也只是瞄了一眼，接著就像例行公事般，指示準新郎和準新娘跪在蒲團上，對著案上的月下老人塑像三叩首。

風雨瀟瀟和滿月按照小僮的指引跪下磕頭，在兩人起身時，赫然有個銀鬚白眉的老人已笑吟吟地站在他們面前。老人一手挽紅線團，一手持杖懸姻緣簿，笑得有些……憨態可掬？

至少從滿月的角度看來，是有這麼幾分像。

小僮討要新郎和新娘的八字，小翠立時把來之前備好的紅紙遞過去。

小僮接過紅紙，看也沒看就交給月下老人。

合八字只是個例行的程序罷了，本來也不是月下老人的工作。

月下老人接過八字後，倒是認真看了起來，接著沉吟道：「白馬犯青牛，羊鼠一旦休，蛇虎如刀銼，龍兔淚交流，金雞怕玉犬，豬猴不到頭……」

滿月一顆心立刻提了上來，這怎麼聽起來不太妙？

「……這些年支沖刑皆無，屬相倒還相合。」月下老人笑著補了一句。

滿月：「……」您老一口氣說完有這麼困難嗎？

月下老人又拈起風雨瀟瀟的紅紙，看了眼八字，就抬頭端詳起風雨瀟瀟，然後撫鬚說道：「日支七殺，時帶孤辰，羊刃重重……」

滿月才剛放下的心又提了起來，想起風雨瀟瀟絕命的命格，老話有云：「天煞孤星不可擋，孤剋六親死爹娘，天乙貴人不解救，修身行善是良方。」這命格還真是讓人驚心啊！

滿月忍不住嚥了口口水。

風雨瀟瀟面無表情，似是毫不在意。

傾城公子和小翠倒是同時皺眉，只是前者神態有些凝重，後者則是緊張不安，想來是擔心自家小姐。

月下老人又拿起滿月的紅紙，只看一眼，卻是笑開了，什麼玄之又玄的話都沒說，就只樂呵呵地來了一句：「傻人有傻福！」

滿月抿嘴，視線在月老祠裡遊移，像是隨意在打量一樣。

眾人：「……」

就在這時，小翠瞄到紅紙背面的字，突然跳了起來，叫道：「啊，我拿錯紅紙了，那是小棒槌的八字，不是小姐的！」說著在口袋裡掏了掏，好不容易掏出一張皺巴巴的紙，連忙遞了出去，「大掌櫃讓我拿小棒槌的八字給黃半仙批命，我不小心把它跟小姐的八字混在一起了！」

滿月一記眼刀立刻射了過去。

月下老人也沒介意，拿過小翠重又送來的紅紙看去。

他這一看，更樂了，「哎呀，這個更傻！」

滿月：「……」

民間有句俗諺：「男命無假，女命無真。」

合八字前，若女方有「剪刀柄、鐵掃帚」的帶煞命格，通常會與算命師串通或竄改八字，這時的滿月就有改八字的衝動，她想改個看起來很聰明的八字。

月下老人笑咪咪地看看風雨瀟瀟，又看看滿月，連說了幾個「好」字。

一個犯煞，一個犯傻，她實在看不出來哪裡好了！

末了，月下老人做了總結：「男的羊刃重重，女的天赦成局，好好好！」

這個她就懂了，懂最後三個字。

總而言之，兩個人分開不好，合起來就「好」。

滿月不由自主看向風雨瀟瀟，卻發現他也正看著自己，她愣了一下，不好意思地別開頭。

合完八字，月下老人中指一彈，兩張紅紙瞬間消失，接著左手虛空畫圓，兩條紅繩從他手上的紅線團中飛出，宛如兩道虹光，分別指向風雨瀟瀟的左腳踝與滿月的右腳踝，各自繞了他們的腳踝一圈，然後收攏、消失。

這時，原本懸於月下老人杖下的姻緣簿緩緩飄起，浮於他的胸前，在沒有風吹的情況下，左右攤開。月下老人手作執筆狀，下一秒朱砂筆陡然出現。他握著朱砂筆於虛空中揮毫，同時間，姻緣簿上慢慢浮現風雨瀟瀟和滿月的名字。

而後，月下老人笑呵呵地留下一句「斗轉星移，雲破月開」，就在一片光暈之中消失了。

換言之，滿月剛剛成了某人的老婆，往後看到公的不能隨便爬牆，看到母的要顧好自家的牆，她突然覺得自己任重而道遠。

一跨出月老祠，傾城公子就微笑地打躬作揖，「梧桐枝上棲雙鳳，菡萏花間立並鴛。弟弟在此恭祝大哥大嫂，一朝結同心，百年共此情。」

小翠見傾城公子無預警來了這麼一齣，連忙湊上前，輸人不輸陣的也裝模作樣地福身道：「小翠在此也恭祝姑爺小姐……呃……瓜田李下，早生貴子。」

話一出口，小翠猶豫了一下，她只記得有個詞叫瓜什麼的，可怎麼也想不起來，到底是瓜什麼呢？

在瓜田李下生孩子……滿月的眼角抽了兩下。

她偷偷看向風雨瀟瀟，只見他眉頭跳了跳，很快又恢復了那張萬年面癱臉。

再看傾城公子，好嘛，他的肩膀開始抖了。

幾人一出月老祠，立刻就有各方探子迅速回報自己的主子。

風雨瀟瀟知道但沒放在心上，既然成了親，他覺得應該先帶滿月「認親」。

所謂認親，認的自然是他的人。不過，滿月可不打算得寸進尺，她和風雨瀟瀟又不是因為情投意合才結婚。說白了，她知道他娶她多半是有目的的，而這目的不外乎跟任務有關，她可沒想要自作多情。只要他不明目張膽搞個小三讓她難堪，他想做什麼她一點都不會干涉。

這點自知之明她還是有的。

不過，某人顯然沒準備放過她。

風雨瀟瀟看著滿月，那眼神似有深意。

滿月有些尷尬，結結巴巴地說道：「其實呢，你不用太在意，就把我當你那些小嘍囉那樣看待就好了，我這人挺隨和的。」

「……」

「我保證當個小透明，除非你需要我，否則我絕對不會在你面前亂晃！」

「……」

「要不然，你隨傳，我隨到？」滿月掙扎了一下，試探地問道。

「……」

「你讓我往東，我絕對不往西？」

「……」

風雨瀟瀟的臉色越來越冷冽，滿月抖了抖，自暴自棄，大聲說道：「從現在開始，我就是你老婆了，以後你的心裡只能有我一個，不准你看別的女人，敢看一眼，我抽她兩下！」

風雨瀟瀟錯愕，看著新婚小妻子突然雙手插腰，小臉高傲地上抬，紅撲撲的雙頰鼓如蜜桃，渾身抖著那虛張的氣勢，忍不住眼中浮現幾分笑意，心底彷彿被什麼撩撥著，蕩起了三兩圈漣漪。

傾城公子和小翠都傻了。

好吧，滿月自己也驚悚了，比鬼來電還驚悚。

她積攢了二十年的小宇宙，就在剛剛全部燃燒殆盡了，不知道她會不會才結婚就被炮灰？她惴惴不安地偷看風雨瀟瀟，發現他還是那張面癱臉，她瞬間安心了，面癱好啊！可是你好歹說兩句話嘛，被女人嗆聲多沒面子，你嗆回來呀，我想繼續做我的小透明啊！

風雨瀟瀟定定地凝視了小包子一會兒，勾起嘴角，說了聲：「好。」

「啊？」

「從今以後，我的心裡只有妳一個，如果有別的女人敢看我，妳千萬記得要抽死她。」

滿月嗆到了，你這竿子要不要爬得這麼順？這任務要不要分派得這麼理所當然？

她這叫自作自受作繭自縛自取其辱咎由自取，還是搬起石頭砸自己的腳來著？

可是，她的腳痛比不上心痛啊！

風雨瀟瀟看著小包子的臉糾結得越發像包子，伸手宛如摸小狗般，安撫地摸了摸她的頭，

「也罷，今天晚了，明天再帶妳認人。」嗯，這高度、這手感不錯！

滿月蔫了，結婚跟她想的不一樣！

風雨瀟瀟和傾城公子送滿月及小翠到客棧門口就回去了，滿月一踏進客棧，小胡飛刀就帶著賤笑靠過來了，「小月妹妹，有個大美人在裡面等妳很久了。妳什麼時候認識這種尤物了？找個機會幫老哥引薦一下吧！」說完，曖昧地飛了兩眼過來。

尤物？她只認識魷魚，哪來的尤物？

滿月莫名其妙往裡面走，果然看到有個穿著赭紅綃紗襦裙，長得極為豔麗的女子坐在靠西廂位置的桌邊喝茶，那塗著鮮紅指甲油的手拈著蘭花指，有種說不出的妖嬈風韻。其他桌吃飯喝茶的男玩家一雙雙色瞇瞇的賊眼不時往這邊瞟，更正確地說，是往尤物那半露的高聳胸脯和性感的乳溝瞟。

「請問……」

尤物斜眼看過來，連眼波都帶著魅惑般的慵懶。

滿月嚥了一下口水，不由得有些緊張，「我是滿月，請問……」

尤物瞇眼，慵懶的眼波立時變得銳利起來，眼中明明白白寫著敵意兩個字。

她上下打量著滿月，從她的臉到她的胸到她的腰到她的腿再到她的裝扮，然後自鼻中哼

出一聲不屑的冷笑，高傲地宣告：「我是玉天嬌。」在滿月還沒應聲前，又嘲諷似的補了一句：「風雨瀟瀟的第七任老婆，又或者該說是第七任未婚妻。」

滿月無聲地嘆氣，好嘛，她才新婚不到一小時，老公的前任未婚妻就登門來找事了。

「小姐，她就是嘯鳴山莊那些傢伙說的前凸後翹、眼大妹嬌的女人耶！」小翠從滿月肩後探出頭，好奇地瞄著。

玉天嬌看著眼前這個矮不龍咚，像是還沒發育完全的小女生，輕蔑之色更盛。風雨瀟瀟的眼光越來越差了，她才離開一會兒，他就飢不擇食看上路邊的雜草了。

早先她和風雨瀟瀟的婚事是哥哥玉天豪從中牽的線，玉天豪是「王者之風」的公會長，想讓妹妹與風雨瀟瀟聯姻，促成兩大勢力的聯盟，沒想到，在成親的當天，玉天嬌家裡所在的社區因地震導致電纜毀損，電力公司緊急派人搶修，卻也整整兩天電力才恢復，因而錯過了與風雨瀟瀟的婚事。

本來玉天嬌對這樁婚事是不滿意的，風雨瀟瀟凶名在外，哥哥怎能為了自己的利益就把她推入火窟，後來見到風雨瀟瀟，發現他不是自己想像中的虎背熊腰的惡煞，相反的，俊朗不凡，而且那渾然天成的凜然霸氣讓她很心動。她一向喜歡強者，於是一掃她對他天煞孤星名頭的疑慮，歡喜待嫁，誰知道一場天災讓她錯失了這個姻緣。

再次上線後，她讓哥哥出面向風雨瀟瀟解釋，更改婚期，沒想到玉天豪反而不樂意了。他認為天煞孤星果然如傳聞中的不祥，想讓婚事就此作罷，在傾城公子來訪後，仍是搖頭拒絕。後來玉天嬌曾背著哥哥去嘯鳴山莊找風雨瀟瀟，可沒見到風雨瀟瀟，而是傾城公子出面婉拒。

直到前幾天，她聽到風雨瀟瀟「又」要結婚了，本想再去嘯鳴山莊，無奈被哥哥看得緊，又想著前幾回風雨瀟瀟沒有成功娶妻過，便按捺著性子，等著看新娘各種悲劇。不料，沒等到新娘悲劇，卻等來了兩人已經在月老祠結緣的消息。

此時看到風雨瀟瀟的老婆竟然是個發育不全的小女生，她怎麼能甘心？

「妳是被逼跟他結婚的？還是他給了妳什麼好處？」玉天嬌冷冷地問道。

「都不是。」滿月老實答道。

玉天嬌又是一聲冷哼，「妳要怎麼樣才肯離開他？我給妳一筆錢如何？不是遊戲幣，而是新台幣！」

小翠在滿月後面拚命戳她，小聲地說道：「小姐，妳要挺住！新台幣算什麼？咱們要富貴不能淫，人品才重要！」

滿月看著玉天嬌，沒有說話。

「再加上衣服？化妝品？黃金？鑽石？要什麼條件，妳儘管開出來！」玉天嬌的語氣裡透著幾分譏誚。

小翠戳得更歡了，「小姐，這是個上門的冤大頭啊！要不然，咱們先淫了，跟姑爺串通一下，離婚再結婚，把東西拿到手，嘿嘿……」

滿月翻白眼，妳可以再無恥一點！

「我什麼都不要。」滿月搖頭。

「好大的口氣！不要說妳跟他是兩情相悅才結婚的，我知道風雨瀟瀟沒有那麼蠢，眼光沒有那麼差！」玉天嬌瞇起眼，十足的嘲弄。

「我什麼都不要，我只要他！」滿月堅定地重申。

玉天嬌的臉色微凝，陰沉地看了滿月好一會兒，然後冷笑道：「我們走著瞧！」說完，傲然轉身離去。

「小姐，妳太帥了，竟然說什麼都不要，只要姑爺！這簡直是現代版的悲慘世界加最終幻想版的神鵰俠侶，太正點了！」小翠興奮得兩眼放光。

滿月：「……」為什麼是悲慘世界？那個最終幻想版又是什麼東西？

「……小翠。」

「啊？」

「我腿麻了。」

小翠愣了一下，隨即會意過來，「小姐，妳好沒用啊！」

隔天一早，滿月依約來到嘯鳴山莊。

她沒有打算把那位不速嬌客登門的事告訴風雨瀟瀟，畢竟人家也沒對她怎麼樣，特意告訴他的話，會像是在告狀或吃醋，而且她私心裡也不想跟他談論他的歷任未婚妻。

以前的都算是未遂，這點認知她還有。

然而，身為小姐的丫鬟，小翠當然要盡忠職守地為自家小姐抱不平，便說得口沫橫飛，還不時添油加醋，好像她家小姐被他前任未婚妻欺壓得有多委屈似的。

雖然滿月認為小翠是在為差一點可以到手的新台幣、黃金、鑽石什麼的懊惱。

「玉天嬌？」風雨瀟瀟皺眉，「她是誰？」

好吧，滿月覺得心中憋著的一口悶氣全沒了。

「玉天嬌是王者之風公會長玉天豪的妹妹，你忘了我們本來打算跟他們合作，吃下瀾州到寧州的海路，條件是你要跟他妹妹結婚，兩個公會結盟？」傾城公子現在才知道自家老大對歷任未婚妻有多麼不上心，連人家叫什麼都不知道。

風雨瀟瀟思索了一會兒才點頭，「原來是她。」轉而又問滿月：「她為難妳了？」

「沒有，只是來打個招呼而已。」滿月搖頭。

風雨瀟瀟端詳了她一下，見她臉色沒有不對勁，才又習慣性的摸摸她的頭，說道：「別擔心，我不會讓任何人欺負妳的。」

「姑爺，你不知道，我家小姐對你真是有情有義，竟然還說不要新台幣不要黃金不要鑽石，只要你！我家小姐真是傻呀，連錢都不要，姑爺肯定沒見過這麼傻的吧？唉，我家小姐什麼優點都沒有，就剩重感情這點能看了……」

小翠不忘幫自家小姐邀功，雖然滿月聽不出來這是在誇她。

風雨瀟瀟聽到「只要你」三個字就定住了，他看著滿月，看得滿月不明所以，愣愣地問道：「怎麼了？我臉上有東西？」說著，摸了摸自己的臉。

傾城公子在一旁偷笑。

風雨瀟瀟沒說話，只是伸手又撫上她的頭。

說話間，幾個人走進了嘯鳴山莊的大門，滿月驚恐地又看到了兩側站了兩排人龍，心中頓時生出不祥的預感。

「嫂子好！」眾人整齊劃一地喊道。

不是吧，還來？

果然，有人大聲喝道：「呼口號！」

接著，一眾大小嘍囉梗直了脖子，扯著喉嚨唱道：「恭迎嫂子今來到，嘯鳴山莊起得早。人人都說嫂子嬌，音輕體弱易推倒。桃子臉來屁股小，老大洞房直呼好。嫂子好，嫂子妙，嫁給老大餓不了。」

滿月：「……」菩薩啊，饒了我吧！

大小嘍囉們高聲唱完，看見風雨瀟瀟的眉角抖動了一下，還眉頭微蹙，不約而同頭皮發麻，立刻縮著脖子，夾著尾巴，跑得無影無蹤，生怕溜得慢被老大逮到。

風雨瀟瀟瞥了滿月一眼，輕咳兩聲，「進去吧。」說著，當先往裡走。

滿月低著頭，像個小媳婦似的跟了上去。

小翠緊跟在滿月旁邊，傾城公子朝她使眼色，小翠沒察覺，傾城公子只好故意咳嗽想點醒她，可小翠還是沒理他。

傾城公子無奈，只好用力又咳了幾聲，小翠嫌惡地看向他，「你能不能站遠一點，萬一把感冒傳染給我家小姐怎麼辦？」

傾城公子本來只是做做樣子，這下是真的嗆到了，他果然不應該對小翠這個蠢丫頭有任何期待！於是，也不裝模作樣了，直接上前抓住她，把她拉到旁邊。

小翠不幹了，拚命甩手，「你做什麼？男女授受不親……」話沒說完，突然想起什麼似的，忙用另一隻手摀住嘴巴，大大的眼睛透著濃濃的戒備之色，防賊般的瞪著傾城公子。

滿月根本沒在意後面的動靜，小翠對傾城公子的抵觸，她已經很習慣了。

迎面走來兩個小嘍囉，他們一看到風雨瀟瀟，立刻立正站好，大聲說道：「老大好！」剛喊完，視線往下，看到滿月，再次肅然，齊聲道：「嫂子好！」

滿月有些糾結，問道：「能不能別叫我嫂子？」

感覺挺彆扭的啊！

兩人愣了一下，梗著脖子改口道：「大姊頭好！」

「……還是叫嫂子好了。」滿月給了他們一個自以為很親切的笑容。

風雨瀟瀟見滿月的臉皺得像麵團，眼底滑過一絲笑意，負著手，緩緩往前走去。

兩個小嘍囉對望一眼，心道：老大心情很好！接著，又看向風雨瀟瀟和滿月離去的背影，再次確認：老大心情很好，老大因為娶了嫂子，所以心情很好！最後得出結論：老大心情很好，那剛才把前任嫂子迎進議事廳的人，應該不會挨刮了，幸虧老大心情很好！

事實上，他們的老大在踏進議事廳之前，心情的確很好，但在進入議事廳之後，立刻晴轉多雲，只是這點變化在那張萬年面癱臉上是看不出來的。

風雨瀟瀟睨了一旁絞著手指的小嘍囉一眼，淡淡地說道：「今天日落前取回九十九顆化蛇膽給司藥房，把剛才從這裡出去的那兩個傢伙也帶去。」

化蛇膽可以配藥。化蛇是棲息在雍城西郊五十里處景陽山沼澤區的水獸，人面豺身，背生雙翼，行走如蛇，發出的聲音有時如嬰兒般啼哭，有時如婦人般斥罵。不難擊殺，但是化蛇的聲音會讓聽的人渾身不舒服，所以很多玩家沒事不會找化蛇練功自虐。

小嘍囉哭喪著臉，領命而去。

風雨瀟瀟除了進門時眼角餘光的一瞥，就沒理會過玉天嬌，自然也看不到她拋過來的如絲媚眼。他和滿月在她對面落座，他自顧自倒茶給滿月，又倒一杯給自己，慢慢喝了起來。

玉天嬌那張豔光四射的臉頓時紅白不定，滿月看看她，又看看風雨瀟瀟，默默地埋頭也喝起茶來。

傾城公子和小翠進來時，就是看到三個人相對無言頻喝茶的古怪場面。

小翠眼利，一眼看到玉天嬌，立刻跳到滿月身邊，防備地看著她。

傾城公子吸了一口氣，露出笑容，迎向玉天嬌，「玉大小姐蒞臨，真是令嘯鳴山莊蓬蓽生輝！有失遠迎，還請玉大小姐多多包涵！」

玉天嬌冷冷地從鼻子哼了一聲。

傾城公子也沒在意，在桌旁坐下，一邊倒茶一邊問道：「不知玉大小姐是為何事而來？」

滿月掃了一圈，好嘛，這下都湊成一桌麻將了！

「我代表我哥，跟你們談合作打通瀾州到寧州的海路。」玉天嬌這話雖是答傾城公子，眼睛卻始終不離風雨瀟瀟。

傾城公子以為玉天嬌是來找碴的，沒想到倒還真是為了正事，一時間上身直起，也看向風雨瀟瀟——不聯姻，同盟還是可以的吧？

風雨瀟瀟像是沒有聽到玉天嬌的話，喝完杯中的茶，突然傾身湊到滿月耳邊，輕聲說道：「妳不是說，有別的女人敢看我，妳就要抽死她？」

滿月愣了一下，隨即瞪眼：你真當我傻啊，這女人能抽嗎？別說我抽她，我看她隨時都會弄死我，你出的什麼餿主意啊！

抿了一下嘴，滿月斜眼瞪了回去。

這一眼似嗔怪似撒嬌，看得風雨瀟瀟頓時又多雲轉晴，好整以暇地繼續喝他的茶。

兩人用眼睛打起官司，在外人看起來就像是在打情罵俏，玉天嬌一口貝齒都快咬碎了，那豔紅的唇就像血盆大口，直想把滿月生吞活剝。

傾城公子也睜大了眼，他家老大被穿越了？冷硬派何時也搞起調情這把戲了？

風雨瀟瀟不滿地覷了傾城公子一眼，似乎是在嫌他不夠機靈。

傾城公子會意過來，趕緊堆出笑臉，轉向玉天嬌，「玉大小姐，關於同盟的事，我們還需要斟酌一點時間，屆時再親自登門拜訪令兄，眼下……」

「你是說我不夠格跟你們談？」玉天嬌冷笑。

「當然不是！誰不知道王者之風的玉天嬌向來說一不二，只是我們這邊還有些事要處理，一時之間難以拿出具體章程來，如此豈非壞了貴公會的美意？萬一讓人誤以我們怠慢玉大小姐，那就傷了雙方的情誼了！」為了把人送走，傾城公子一點都不介意多送幾頂高帽出去。

玉天嬌沒應話，反而看向滿月，冷冷地說道：「妳出去，我們有事要談！」

言下之意，她是閒雜人等了！

滿月想了想，人家有正經事談，她這個閒雜人等確實不好在場，於是準備起身，不料身邊的人也跟著站起來，輕聲說道：「後花園的月季開得好，我陪妳去走走。」

玉天嬌一雙利眼又射了過來。

她這是招誰惹誰了？滿月無聲嘆氣，只好又坐了下來。

風雨瀟瀟也很乾脆，二話不說也坐了回去。

滿月實在很想說，我們再這樣下去也不是辦法，要不然，打個麻將好了？不過看了看其他人的臉色，打麻將不如打西瓜，於是，她又默默地喝起茶來。

議室廳裡安靜了好一會兒，她的茶杯終於又見底，她也終於忍不住，慢慢站了起來。

她一起身，風雨瀟瀟也跟著站起來。

「我水喝多了。」滿月淡定地看過去，怎麼，你也喝多了？

風雨瀟瀟面不改色，點了點頭，「我也喝多了。」

他一開口，玉天嬌和傾城公子也起身。

得，不能一起打麻將，那就一起上茅房吧！

人有三急，總不能只准她急，不許別人急！

不過，等她從茅房回來，玉天嬌已經不見人影，風雨瀟瀟和傾城公子坐在桌邊閒聊，小翠坐在角落的椅子上打盹兒。

滿月走過去坐下，風雨瀟瀟要倒茶給她，她連忙苦著臉說道：「我們能別再喝茶了嗎？」

風雨瀟瀟的手頓了一下，笑道：「這是雪湖寒梅果熬的果汁，生津清熱。」

滿月喝了一口，微酸微甘，還有一股清涼的馨香在舌尖漫開，頓時覺得通體舒暢，心情大好。可她一偏頭，就見傾城公子頂著一張被人欠了五百萬的黑臉，忙識趣地低下頭，繼續喝她的果汁。

多喝茶沒事，沒事多喝茶。

「……瀾州北邊是王者之風的地盤，有他們護航，我們到寧州長白山會便利很多，至少可以減少兄弟損傷。我知道你不想和玉……」傾城公子說著，看了滿月一眼，「除了聯姻，我們還可以用其他方式和玉天豪合作。他不笨，兩相權衡，還是有很大的機會和我們結成同盟。」

傾城公子遲疑了一下，還是說道：「老大，你以前不是感情用事的人。」

這話說得很重，滿月的手微微抖了一下，頭埋得更深了。

風雨瀟瀟倒是恍若未聞，也沒辯解，只是淡淡地說道：「輕塵，傳書給刃無名他們幾個，一小時後到雍城西北方的一線天集合。」

一線天，全名乾坤一線天，九大州各有一處，裡面有來往各州的八卦傳送陣，相當於哆啦A夢的任意門，可以超越空間，瞬間到達各州，而不須奔波千里。然而，各傳送陣皆有一妖神鎮守，須得擊敗此妖神方能通過。據說鎮守一線天的妖神武力值極高，很少有玩家會想走傳送陣的捷徑，要走也得有命走。

傾城公子微凜，「你——」

「前幾天我收到消息，王者之風跟末日傳說的人有接觸，我們跟末日傳說一向不對盤，玉天豪不可能不知道，他擺明了想兩邊賣好，我們暫且按兵不動，觀望一段時間再說。」

「那……也不用急著現在去寧州，過陣子……」傾城公子皺眉。

「無妨，我早想走一趟一線天。」

「算了，痴情的人傷不起。老大，為了嫂子，你這次連命都不要了，希望老天憐你一片痴情，讓你和嫂子瓜田李下，早生貴子……」傾城公子搖頭晃腦，涼涼地說著。

風雨瀟瀟一巴掌朝傾城公子的腦袋瓜拍過去，「滾！」

「是是是，小弟我這就去聯絡那些傢伙，最好他們幾個不是正在花前月下談情說愛，打擾人家談戀愛是會被驢踢的！」傾城公子轉著竹笛，悠悠地晃了出去。

滿月聽不懂他們的話，兀自喝著她的梅果汁，直到風雨瀟瀟說要帶她去長白山，她還回不過神，「啊？現在就去？」

「妳不是想要長白山的千年人參？」

她當時只是臨時起意隨口一說，後來從大掌櫃那裡知道要到寧州千萬難，她早就打消念頭了，千年人參雖好，但抵不過她的小命重要啊！

「太危險了，我也不是非要不可。」

「沒事，有我。」風雨瀟瀟笑道。

正經八百的人深情起來，天塌下來都阻擋不了呀！

滿月回想起剛才傾城公子和風雨瀟瀟的對話，當下欲哭無淚。

她當時為什麼腦袋抽風說要什麼千年人參，千年人參是給了她什麼好處啊！

小翠一覺醒來知道他們要去寧州，當下也要求要跟去。

滿月語重心長地勸道：「會死人的，真的會死人啊！」

小翠看著小姐那一臉沉痛的表情，立刻握拳說道：「不行，小翠得時時刻刻跟在小姐身邊，萬一小姐不幸掛了，小翠要幫小姐收屍！」

喂喂喂！

「小翠，我保護不了妳的。」

「沒關係，小翠從沒對小姐抱過任何希望，小翠會緊緊抱著姑爺的大腿，小姐放心！」

滿月：「……」妳抱我家老公的大腿，我能放心嗎？妳有問過他老婆嗎？

風雨瀟瀟當然不可能讓其他女人近身，幾個人一到一線天入口，他就把小翠丟給傾城公子，要他保護好小翠。

「我不要！」

「我不要！」

傾城公子和小翠異口同聲。

兩人對看一眼，又不約而同說道：「你（妳）憑什麼不要？」

「哎呀呀，輕塵，你怎麼可以用這種態度對待女孩子呢？簡直太不美了！」一個身穿粉色長袍，唇紅齒白，眼帶桃花的男子撥了一下瀏海，一手搭上小翠的肩，笑吟吟地說道：「可愛的小姐，在下是否有這個榮幸作小姐的護花使者呢？」

小翠斜眼上下打量這個花俏的男人，後退一步，戒備地看著他，「你是哪來的人妖？離我遠一點！」

男子頓時嘴角抽了好幾下。

「噗哧！」傾城公子大笑，拍了一下男子的背，介紹道：「這個人妖叫做孟九少，別看他不男不女，他可是咱們遊戲裡排行前十名的祭司，有他在，我們可以少死一半！」

「呸！你才不男不女！」孟九少啐道。

傾城公子笑著又指了指一旁平頭小眼睛的負劍男子，「他是刃無名，劍術精絕，被他盯上的獵物，至今沒有逃得了的，人稱索命追魂劍。」

刃無名看起來約莫三十多歲，身材極為健壯，風雨瀟瀟已經很高，他又更高，而且更壯碩。單眼皮，眼睛看起來很小，卻透著幾分犀利。長相平凡，比路人甲還淹沒人群。如果不是塊頭大，很容易被人忽略。

刃無名朝滿月和小翠點了下頭，就逕自找風雨瀟瀟說話。

傾城公子接著指向站在離他們幾步遠，彷彿在神遊的少年，「他是伍一，弓箭手，嗯……伍一比較宅，平常喜歡睡覺，不愛出門，話也少了點。」

宅男？滿月好奇地打量伍一，伍一看起來年紀跟自己差不多，長得眉清目秀，像個標準的時代好青年。他望著天空不知道在想什麼，連傾城公子提到他，他也沒反應。

其實傾城公子對伍一這孩子一直很頭痛。

伍一很懶，喜歡睡覺就算了，更糟糕的是，懶得說話。有時候，一連好幾天都沒聽他開口說過一個字，要不是看到他吃飯，別人都要以為他那張嘴是生來擺設的。

不過，確實有很多人以為他是啞巴就是了。

伍一也不解釋，啞巴不用說話，他繼續扮他的啞巴了。

小翠卻是對伍一的第一眼印象很好，花俏的人妖孟九少一開口會讓她想扁他，大塊頭刃無名讓她莫名地敬畏，伍一倒像是個善良的好孩子。

於是，小翠笑咪咪地走到神遊太虛的伍一身邊，問道：「你在看什麼啊？」

「……」

「今天天氣很好喔！」小翠看了天空一眼。

「……」

「你說左邊那片白雲像不像小狗？」

「……」

「我帶了桂花糕，你要吃嗎？」

「……」

「我叫小翠，翡翠的翠。」

「……」

「喂，姑娘家跟你說話，你好歹吭兩聲吧？」

伍一慢吞吞地瞄了小翠一眼，然後小翠聽到了讓她整整半天都說不出話來的兩個字：

「……吭吭。」

第四章

殭屍來襲，請暫時停止呼吸

一線天，顧名思義，兩壁夾峙，仰視縫隙可窺見蒼穹如一線而得名。遊戲裡的乾坤一線天，卻是幽深的洞窟。初時確如兩斷壁合圍的一線天，寬未達一米，左右岩壁高達數千尺，抬頭可以看見一線藍天。

越往裡走，越是陰暗，涼風陣陣沁骨，讓人渾身直打顫。

一行人領頭的是伍一。

伍一擅長射箭，眼力本就比尋常人好，若是他發現什麼異常，遠遠的就能及時應對，比刀劍、長槍好使得多。唯一不好的是，伍一由始至終死活不肯張嘴，跟在後頭的人只好盯著伍一的動作分辨端倪。

不知道為什麼，走在第二的是小翠，她緊緊拉著伍一的衣角，屏著呼吸，耳邊呼呼而過的冷風，彷彿送來細細碎碎如鬼哭般的哀號。極目望去，看不到盡頭，只有無邊的漆黑。

小翠一錯眼，似乎有幾條人影晃過，再一細看，又是黑魆魆的。

小翠僵硬地吞了一下口水，扯了扯伍一的衣襬，結結巴巴地小聲說道：「伍伍伍伍一，你你你剛剛剛才有有有沒有看看看到人的影影影影子？」

啞巴見鬼是不會尖叫的，所以伍一當然也不會吱聲。

他腳步沒停，依舊慢慢往前探去。

一行人走了很久，周圍還是籠罩著不變的黑暗，抬頭仍是幽微的一線光亮，滿月恍惚覺得自己是在原地打轉，就像是鬼打牆，不由得下意識往前方只離她一步遠的風雨瀟瀟靠去。

風雨瀟瀟正留意著四周的變化，察覺身後有人靠近，反射性的想避開，卻忽然想到身後的人是滿月，隨即放緩腳步，投來疑惑且略帶關心的目光，「怎麼了？」

「我們好像一直在同個地方繞圈子……」滿月遲疑地說道。

風雨瀟瀟點點頭，表情沒什麼變化，顯然是早就發現了，不過，他沒再說什麼，對其他人也沒有特別的指示。

滿月不知道他的打算，只好默默跟著繼續走。

走了不知道多久，隊伍突然停下來。

「有東西！」

這句話是走在第三位的刃無名說的，本來應該是出自最前面負責探路的伍一的嘴巴，可惜指望伍一說話，不如指望母豬上樹，幸好他們幾個人默契夠。

伍一一停下腳步，刃無名就敏感地察覺到前方有狀況。只是，他說的是有「東西」，而不是有「人」，這其中的含義可就大不同了。

小翠全身抖了一下，在這種情境這種氛圍下，你說有人就算了，你說有東西，那還能是什麼鬼東西？

正想開口問，小翠就發現離眾人不遠處的前方，影影綽綽地有東西在晃動，也是在這時，大家才發現不知不覺中，四周不再是窄小的廊道，不知何時，他們來到了一個約莫丈餘見方的斗室。

斗室上方，不再是蔚藍的天空，而像是有煙嵐籠罩著，只透出幾縷光線來。

不過，也比來時幾乎不見五指的窄徑好多了，至少看得見人了，看得見「東西」了。

於是乎，小翠見鬼似的瞪大眼睛，看著斗室連接的另一頭，像他們來時一樣漆黑的通道裡，有「東西」緩緩魚貫蹦了出來。

這蹦出來的「東西」，是人非人，面色青白，四肢僵硬，全身毫無生氣，尤其是有眼無瞳，白慘慘的，看起來讓人毛骨悚然。

這東西不是人家說的殭屍，還能是什麼？

小翠還來不及尖叫，就聽見咻的一聲，弓如滿月，箭似流星，伍一毫不猶豫地一箭射穿離他們最近的一具殭屍的頭。

那殭屍的頭顱瞬間爆漿，下一秒整個身軀碎裂如沙，散了一地。

如潮水般湧進來的殭屍，本來像是沒有意識的活死人，平板地蹦跳，可伍一這一箭爆頭，彷彿刺激了它們，它們原本緊咬的牙關開始上下打顫，發出細碎的嘎吱聲響，而且忽然像是有了意識，開始攻擊眾人。

「全都退後！」刃無名大喝一聲，提劍就衝入殭屍群中。

滿月看著刃無名一馬當先的氣勢，默默在心裡合掌。

這男人果真是條漢子，面對殭屍大軍，身先士卒，果敢無畏，簡直就是……等等，那個捏著鼻子閉著嘴巴，縮在旁邊動也不動的人，不是小翠嗎？

滿月瞪大眼睛，看到幾個殭屍已經離小翠只有幾步的距離，而且慢慢朝她跳去。

刃無名和伍一身陷重重殭屍群中，根本來不及趕到小翠身邊。

她大急，想叫小翠快跑，卻看到小翠眼角像抽筋似的，拚命對她使眼色，要她也停止呼吸，她囧了。

小翠同學，妳以為我們是在演《暫時停止呼吸》嗎？

然而，下一秒她更囧了。

有個殭屍蹦到小翠旁邊突然停下，頭左右轉了轉，像在聞什麼東西，頓了一會兒就拋下小翠，往刃無名和伍一那邊跳去。接著，其他殭屍如剛才那個一樣，一個一個跳過小翠身邊，朝正在大殺四方的刃無名而去。

滿月：「……」不是吧？這樣也行？

不過，湧進來的殭屍實在太多了，如潮水似的沒完沒了。小翠憋氣憋了大半天，臉色漲得由紅轉白，最後潰堤般噗的呼了口氣，剛從她身邊跳過的殭屍刷的轉回身，向她撲過去。

小翠驚了一下，大叫：「小姐，救命啊！」一邊尖叫，一邊抱頭鼠竄。

「小翠……」滿月想衝過去，卻被人按住肩膀。

「我來！」風雨瀟瀟把滿月推向後方的傾城公子，自己提槍奔往殭屍大軍。跑了幾步，在殭屍群前方猛然縱身躍起，斜身踏壁，在牆壁上行走如飛，隨即又蹬向空中，一個旋身，穩穩地落在小翠身旁。

風雨瀟瀟左手持槍平掃，三個殭屍瞬間頭身分離，他又乘勢抬腿踹開要襲向小翠的一個殭屍，右手指併攏成刀，蓄勁橫劈，打落殭屍的頭顱。在小翠感激得想抱住他的大腿前，他已經拎起小翠的衣領，將她拋向外圍。

小翠嚇得尖叫，還沒叫完，就被一個箭步上前的傾城公子接住。

「九少！」風雨瀟瀟高聲大喝。

孟九少會意，單手探向虛空，手腕一翻，陡然現出一管長約六尺，杖身隱隱裹著金色幽光的法杖。他握住法杖，腳踩天罡七星步，低聲吟道：「五雷猛將，火車將軍，騰天倒地，驅雷奔雲，隊仗千萬，統領神兵，開杖急召，不得稽停。急急如律令，敕！」

隨著敕字一落，法杖凌空挽花，熠熠生輝，滿月只覺得眼前幾條金輝交織，接著就看到憑空出現數道落雷劈向殭屍群，數十個殭屍瞬間灰飛煙滅，連漿都來不及爆。

滿月和小翠看得目瞪口呆，小翠更是興奮地拚命鼓掌，連連叫好：「人妖哥哥，你好厲害，雖然很娘娘腔，又長得不倫不類，卻是殭屍剋星，我以後再也不會看不起人妖了！人妖哥哥，你不用自卑，雖然你是人妖，但也不輸給男人！」

孟九少嘴角猛抽。

人妖人妖人妖，你他媽的才是人妖！

老子是純爺們兒，人妖個屁！

孟九少想爆粗口，可看到小翠那雙閃爍著崇拜光芒的星星眼，他頓時就像吞了蒼蠅似的，滿肚子的髒話又憋了回去，憋得五臟六腑幾乎重傷。

雖然孟九少祭出的落雷劈了大半殭屍，但隨後又湧進來不少，風雨瀟瀟三人好不容易才清掉八成，轉眼又被剛跳進來的殭屍包圍。

風雨瀟瀟和刃無名是走暴力虐殺路線，一手一個殭屍，出招快狠準，殭屍根本近不了他們的身。倒是遠攻系的伍一就吃虧多了，他本來就不擅長近戰，武力值又不如兩人，才一會兒就被幾個殭屍撓了幾把。

小翠看得心急，連忙大叫：「伍一，快捏住鼻子停止呼吸！」

遠遠的，就見伍一踉蹌了一下，差點被剛欺身的殭屍掐住爆頭。

「小姐，妳有帶大蒜嗎？糯米也行！」小翠急急地又問。

滿月翻了個白眼。

傾城公子看著在殭屍大軍裡衝殺的三人，湊近孟九少，問道：「九少，這樣下去沒完沒了，你能不能一口氣清掉這波，我們硬闖過去？」

殭屍雖然攻擊力不強，但一波又一波輪番上陣，他們還走不到BOSS那裡，就會在這裡精疲力竭而亡。

孟九少想了一下，答道：「可以，只是會消耗我不少靈力，直到遇到BOSS之前，我暫時不能再動真氣。」

傾城公子點頭，提氣對淹沒在殭屍群裡的三人說道：「老大、無名、伍一，你們退回來，我們重整隊伍，再一口氣衝過去！」

孟九少收回法杖，取出朱砂筆、黃蓮符，手指一彈，黃蓮符騰空，筆尖疾走，口中念念有詞：「一筆天下動，二筆祖師劍，三筆凶神惡煞去千里外。」又吟道：「一轉天地藏，二轉鬼神驚，日月兩點合明動乾坤，急急如律令。」

祭司的武器，除了法杖，另一利器便是符咒。

要修習符咒，需要極高的真氣和靈力，雖然有不少玩家兼修符咒，但真正能利用畫符驅動高等咒語的人並不多。

所謂，畫符不知巧，惹得鬼神笑；畫符若知巧，驚得鬼神叫。

孟九少能名列祭司榜前十名，主要的原因之一，就是他那精湛的符咒之術。

轉瞬符畫成，孟九少見風雨瀟瀟三人已抽身退回來，便拈起黃蓮符，呢喃低吟：「天地玄宗，萬氣本根，廣修億劫，證吾神通，三界內外，惟道獨尊，體有金光，覆映吾身……三界侍衛，五帝司迎，萬神朝禮，役使雷霆，鬼妖喪膽，精怪亡形……金光速現，覆護真人。」

吟罷，符紙化作無數條金光，朝四面八方迸射。

僅是眨眼的功夫，斗室裡如流水的殭屍大軍消失殆盡。

不僅如此，部分金光像是有生命似的，分別包裹在各人周身，形成如氣層般的防護衣。

孟九少祭出的正是高等咒術之中的「金光神咒」。

金光神咒的法威極強，不僅能護體，還能降魔。

「護體的時間只有半小時，我們要盡快通過這裡才行！」孟九少說道。

風雨瀟瀟果斷地指揮道：「無名，你當先鋒，只管開路。伍一，你居次，你眼力好，先解決遠一點的殭屍。滿月、小翠、九少跟著我。輕塵，你殿後。」

憑著金光神咒護體，一行人在幽暗的一線天裡往前狂奔，跑沒多久，滿月就已經氣喘吁吁，她從小體育成績就墊底，八百公尺連拖帶走才跑得完。倒是自稱弱女子的小翠，臉不紅氣不喘的，還時不時幫滿月打氣，在後面推著她。滿月不想在這種緊要關頭拖累大家，硬是撐著不吭聲。

幸好在她腦袋缺氧，快唱哈利路亞之前，聽到小翠大喊：「前面有光！」

眾人加緊腳步，朝遠處的光源奔去。在接近光源時，通往前方的路變得開闊許多，也沒有再出現任何殭屍，帶頭的刃無名放緩了行進速度，滿月才終於鬆了一口氣，發白的臉恢復了些許紅潤。

風雨瀟瀟只留心著前面的動靜，知道滿月在後面跟得牢，沒有落下，就一直沒注意她，直到這時才發現她的臉色不好，不由得問道：「妳沒事吧？」頓了一下，又遲疑地說道：「要不要我背妳？」

滿月還沒說話，小翠立刻跳了出來，一臉嚴肅地說道：「姑爺，男女授受不親，雖然我家小姐胸部很小，屁股也不大，但也不能隨便被男人背的。」

滿月想撞豆腐的心都有了，她忙拉回小翠，尷尬地對風雨瀟瀟說道：「她不是那個意思，你別介意，我給你背沒關係，你愛背哪兒就背哪兒！」

眾人：「……」

風雨瀟瀟愣了一下，接著很淡定地伸出手，摸了摸她的頭。

沒了殭屍襲擊，路又比來時亮敞好走，眾人便一邊警戒一邊慢慢走著。

滿月有些鬱悶地低聲問小翠：「小翠，妳覺不覺得風雨瀟瀟好像把我當成貓了，老愛摸我的頭？他摸那麼多次，不會把我摸矮了吧？」說著，也伸手摸摸自己的頭。

小翠鄙視地看著自家小姐，「小姐，妳本來就很矮，而且姑爺不是把妳當貓，分明是把妳當狗了！」

好吧，滿月更鬱悶了。

她真想仰天長嘯，她要長高啊！

一行人很快就來到先前遠遠看到的光源處，然而，這哪裡是什麼光源，不過是比剛才的路稍亮的地方罷了。這裡是一處極大極廣極深的洞穴，也因為太大了，近看更顯得幽暗，像是能看到什麼，卻又什麼都看不到。

一般人看不到，不表示眼力好的伍一看不到，他只掃了一眼，臉色就變了。

在他旁邊的刃無名注意到了，也跟著凝神細看，這一看，同樣也是臉色大變。

傾城公子發現他倆的異樣神情，疑惑地問道：「怎麼了？」

刃無名取出幾個火摺子，遞給伍一。

伍一會意，從背上的箭囊中取出三枝箭，將火摺子點燃繫在箭頭，咻的往正前方的漆黑深處射去。三枝箭同時離弦，分朝前方、左斜和右斜前方疾速劃過，形成扇狀光幕，瞬間照亮洞穴大半。

僅僅眨眼的功夫，幾個人就看到令人頭皮發麻的景象。

滿月頓時渾身發涼，小翠更是牙齒打顫，扯著滿月的衣襬，結結巴巴地問道：「小小小小姐姐姐，妳妳妳妳的大大蒜蒜蒜蒜和和糯糯糯糯糯米，還還還剩多多多少少……」

就著急速掠過的光亮，一行人看到洞穴裡停滿了密密麻麻的棺木，目測至少數百口。那些棺木上布滿灰塵與蜘蛛網，伍一射出的箭劃過之後，棺木似有感應，竟紛紛透出青色冷光來，平添幾分毛骨悚然的氣息，尤其在沉沉的幽暗中看來，更是顯得詭譎陰森。

這些棺木的排列雜沓，沒有章法，而且棺木與棺木之間的距離極窄，僅容一人通過。

想到待會兒要穿過這些棺木，滿月就心裡發毛。

小翠也是同樣的想法，下意識就往自家小姐身上黏去，而滿月自然是朝自家 BOSS 風雨瀟瀟那頎長的身體靠去。

眼前這個副本，她實在刷不動呀！

風雨瀟瀟沉默半天沒說話，刃無名不耐煩枯等，正想率先跨出去探虛實，孟九少忽然喝止：「等一下！」不待眾人詢問，又舉起雙手說道：「別看我，我就覺得這些棺木看起來不太對勁，最好不要硬闖，只是一時半刻我還看不出什麼名堂來。」

「我也覺得怪，我們還是從長計議比較好。」傾城公子附和道。

風雨瀟瀟若有所思地看著洞穴裡數以百計的棺木，沒有開口。

「這樣下去不是辦法，我過去探探，你們在這裡等。不管有什麼動靜，你們都不要輕舉妄動，我一個人應付就夠了。」刃無名擰眉說道。

傾城公子和孟九少說不出個所以然來，加之刃無名的武力值極高，普通的小怪是動不了他的，也就不再勸阻。

風雨瀟瀟同樣沒有阻止，但朝伍一使了個眼色。

伍一點頭，尋了旁邊石壁上一處較高的平台，俐落地跳上去，拉弓搭箭，嚴陣以待。

刃無名提劍緩步向棺木群中走去，他雖然高頭大馬，但腳步起落異常的輕，地上雖積了厚厚的塵灰，抬腳時卻揚不起半點泥沙。

他從錯綜複雜的棺道中隨機揀了一條走，當他走入棺木群裡時，敏銳地察覺到大片棺木撲襲而來的沁骨冷意，他不由得屏氣凝神，繃緊了肌肉，呼吸吐納放得更輕微。

走了約莫十來分鐘，刃無名順利來到棺木群中央，離出口只剩一半的距離。

也許是他走得很輕很慢，所以沒有驚動棺木。棺木依然只是透著冷凝的幽微青光，沒有任何異狀。他鬆了一口氣，正想轉身叫其他人跟上，左右兩側的棺木忽然微微震動起來。

同一時間，孟九少臉色劇變，「不好，中計了！」

傾城公子也看出來了，猛地對刃無名喊道：「無名，回來，這是枯骨四象陣，你踩到陣眼，陣法啟動了！」

刃無名臉色一凝，低頭看去，果然看到腳下沙地不知何時浮現一塊太極狀的光盤，那光盤的青光由淡而濃，逐漸變深，而前後左右的四副棺木像是在應和光盤似的，木身的震動由極細微變得越來越大，幽微的青光更是明滅不定，棺蓋幾乎要彈開。

他立即跳上橫擋在前面的棺木上方，誰知剛站定，棺蓋隨即爆開，刃無名被迫再次落地。

棺木中的殭屍彈出，這殭屍與他們前面遇到的不同，臉色同樣青白，但雙目猩紅，一口獠牙銳利無比，動作更是比之前的殭屍靈活迅捷，凶殘程度明顯高了好幾個檔次。如果眼前成千上百副的棺木裡裝的都是這樣的殭屍，那……

站在高台上的伍一毫不猶豫，一箭射向朝刃無名撲去的殭屍。

那一箭既快又準，射中了殭屍的頭，也射穿了它的一隻眼睛，卻沒有爆漿，殭屍只是晃了一下身體，再次撲向刃無名。

伍一連發兩箭，殭屍受創，行動變得遲緩許多。刃無名持長劍刺去，手腕抖動，斬去殭屍的頭，再刷刷刷斷了它的四肢，最後踹向它的胸口，殭屍才爆裂成沙。

刃無名還沒來得及喘息，就見剛才震動的另外三副棺木的棺蓋猛地同時爆開，三具凶猛的殭屍彈了出來。

滿月的驚叫聲才到喉嚨，風雨瀟瀟已提槍飛身搶近。

他雖心急，卻不敢大意，順著剛才刃無名走過的棺道狂奔，很快就來到陣眼。

三具殭屍正與刃無名鬥得難分難解，風雨瀟瀟一槍從背後刺穿其中一具殭屍的胸口。那殭屍猛然一顫，卻沒有灰飛煙滅，反而回身朝風雨瀟瀟低吼，猩紅的眼睛越發鮮紅，甚至迸射銳光，朝他撲來。

伍一又是凌厲的一箭，從它的耳朵射穿頭顱。風雨瀟瀟槍頭橫劈，攔腰劈斷那殭屍。

就在這時，正在旁邊焦急觀戰的幾人，突然聽到後方通道傳來隱隱約約的雜亂蹦跳聲，這聲音就跟他們之前在中途斗室裡遇到的殭屍大軍的聲音一樣。

傾城公子臉色驟變，前有狼，後有虎，他們眼下當真是進退維谷。

孟九少叫了一聲：「輕塵！」

傾城公子當機立斷，「不硬闖不行了！」他看著其他棺木像是共鳴似的，也開始出現細微的震動，二話不說，又道：「嫂子，妳和小翠跟著我！九少，你押後！」

小翠抱著滿月，顫聲說道：「小小小姐姐，我我我我腿腿軟，走走不不不動動動了……」

滿月雖然也很害怕，卻還是勉強拍拍她的背，安慰道：「沒事，傾城公子會保護我們！」

小翠看了傾城公子一眼，很不買帳地苦著臉道：「小姐，我腿更軟了！」

滿月：「……」傾城公子果真強了妳的誰是吧？

「想想妳爸媽，難道妳想死在這裡？」

「……」

「常大夫那裡又配出了最新的毒藥，死了就買不到了。」

「……」

「妳不想找黃半仙了？」

「……」

「城北江大嬸的閨女情情回來了，聽說是被城東花大叔的兒子拐跑了……」

小翠立刻從地上蹦了起來，義憤填膺地說道：「那個死種馬，身上不知道灑了什麼臭香水，自以為香噴噴的，滿嘴甜言蜜語，騙了不知道多少良家婦女！上次遇到，我就該給他下藥，讓他不能人道！」

傾城公子噎了一下，怎麼覺得小翠這話是在指桑罵槐？又聽到那「不能人道」四個字，下腹不禁縮了一下。

就在這時，風雨瀟瀟等人附近幾副棺木的棺蓋也已爆開，又彈出了幾具殭屍。

伍一飛奔過去幫打，傾城公子不敢再停留，連忙領著幾個人衝進棺木群，直奔對面的出口而去。不過，棺木群卻在此時發生變化。

枯骨四象陣，顧名思義，按八卦易理化合，依坎、離、兌、震、巽、乾、坤、艮等八個方位，虛實相生，此進彼退，循環聚離。

刃無名剛才踩中陣眼，啟動陣法，棺木群的陣式每隔一段時間就會產生變化。

各個戰鬥職業均可選擇修習兵法陣戰，傾城公子和孟九少都曾學過，所以才對枯骨四象陣有印象，但知道歸知道，實際遇到卻是頭一遭。

傾城公子本想先循著剛才刃無名走過的路往前跑，誰知陣形一變，自己幾人反而離他們更遠，變成朝向出口的左邊行進。

他回頭一看，遠處的來時路已有殭屍大軍的影子在黑暗裡晃動，只好奮力繼續跑。

然而，滿月和小翠畢竟是女孩子，體力不如男人，很快就被不斷變化的陣式衝散了。

四個人各自落了單，小翠尖叫一聲，她身旁的棺木棺蓋爆開，殭屍彈出，朝她撲去。

傾城公子和孟九少忙回身去救她，滿月下意識也想回去，卻察覺身邊的棺木也開始蠢蠢欲動。她一咬牙，只好往前跑。

所幸她一路狂奔，都沒遇到阻礙，可當她奔到角落時，卻發現自己被困住了，若不往回跑，根本無法逃向出口。正當她猶豫著是不是要回頭時，陣式又是一變，棺道被擋住，她瞬間就被堵死在角落。

滿月呆了一下，就見橫阻在身前的棺木棺蓋震動變大，幾欲爆開。

不是吧？難道她沒有主角光環，而是被炮灰的龍套命？

風雨瀟瀟早就發現滿月落單，當下朝刃無名和伍一打個手勢，朝她急奔而去。

這會兒，襲擊小翠的殭屍已被傾城公子和孟九少聯手送回老家過年，他們想往滿月這邊趕，卻再次被改變的陣式衝散。

小翠急得大哭，「小姐，妳要撐住啊！要是妳死了，姑爺就要做鰥夫了！萬一姑爺又娶老婆，那個壞女人肯定會花妳的錢住妳的房睡妳的老公還會打妳的娃，所以妳千萬不能死啊！雖然小翠昨天去賭坊下注妳一個月後各種悲劇，可小翠還是不要小姐死啊！」

滿月：「……」原來妳又背著我偷偷去下注了！早上妳不是才誇妳家姑爺各種好，還說小姐我會長命百歲、子孫滿堂嗎？

風雨瀟瀟眼尖地發現滿月旁邊的棺蓋要爆開，顧不得是不是會驚動其他棺木裡的殭屍，縱身一跳，跳上棺木，一路踩著棺木直奔她而來。

只是，即使他的腳步放得再輕，被他點到的棺木還是有幾具棺蓋彈開，跳出殭屍來。

風雨瀟瀟的身形極快，幾乎是用盡他所有的力氣。後面的殭屍一時追不上他，有幾具開始滿場亂竄，見人就瘋狂撲咬。

可惜風雨瀟瀟再快，也還是趕不及。

滿月面前的棺蓋彈開，一具殭屍竄出，猩紅的眼瞳似血，看得滿月渾身發寒。

只一秒，它就爆衝襲向滿月。

滿月大驚，往角落縮去，背抵著岩壁，退無可退。

風雨瀟瀟的臉色猛然一沉，長槍瞬間脫手，破空而出。

滿月縮著脖子，閉著眼睛，原以為自己就要蒙主寵召了，等了一會兒，只聽到耳邊有嘶吼聲，身上沒有想像中的疼痛傳來。她顫著眼皮緩緩睜開眼睛，卻看到一張青白紅眼的猙獰面孔近在咫尺，不由得驚叫一聲，朝旁邊跳去。

原來風雨瀟瀟那一槍不僅刺中殭屍的胸口，那力道之大，使得槍頭沒入岩壁中，把殭屍牢牢釘在了岩壁上。

殭屍瘋狂嘶吼，身體劇烈抖動想掙脫，雙手還拚命向滿月抓去。

滿月頭往後一縮，只覺得微微一痛，好像撞到什麼硬物，接著腳下一空，整個人猛地往下沉，刷的落入地上不知何時破開的洞裡。

風雨瀟瀟長臂一伸，仍是沒有來得及抓住滿月。

他的眼睛微瞇，透出濃重殺氣，反手抽出長槍，抓住殭屍的頭，猛力一扭，它的頭瞬間和身體分離。風雨瀟瀟仍是不解氣，長槍疾挑回刺，殭屍的身體頓時四分五裂，爆裂成沙。

收回長槍，風雨瀟瀟沒有半分猶豫，轉身跟著跳下滿月掉進的洞裡。

伍一已經趕到，卻望著洞口發愣。

傾城公子也來了，他蹲在地上往洞裡看去，只見黑不見底，一眼望不到盡頭。

伍一看著他，顯然不知道現在應該怎麼辦。

傾城公子嘆了一口氣，拍了拍他的肩膀，語重心長地搖頭說道：「看到沒，這就是真愛啊！」一話說完，也跟著跳了下去。

小翠咚咚咚跑來，氣喘吁吁地問道：「怎麼了？人呢？」問完，立刻又揮了揮拳頭，「不吭聲就打你啊！啊，敢吭吭也揍你！」

伍一有些委屈，勉強翕動了下嘴唇。

「啊？說大聲點！」

伍一停頓了一下，才又囁嚅道：「……真愛。」

小翠愣怔，好一會兒醒過神來，咬牙切齒地說道：「好啊，我就知道這個死種馬居心不良！欺騙良家婦女就算了，竟然還肖想我家姑爺，難怪他老是黏著姑爺不放！不行，我得去救我家小姐和姑爺，不能被這死種馬得逞！」

小翠說完，也撲通跳下洞。

孟九少隨後趕到，看到小翠跟在傾城公子後面跳下去，忍不住看向伍一。

伍一一點都不想說話，可敵不過孟九少「熱烈」的目光，只好貓似的低喃一句：「真愛。」

孟九少呆住，片刻才眨眨眼睛，「原來輕塵真的看上小翠這丫頭了，我以為他是逗人家玩的，沒想到他的品味變差了……不行，好不容易能看到輕塵吃癟，我怎麼能錯過？」

於是，孟九少也跳進了黑魆魆的洞裡。

殿後的刃無名終於趕了過來，看到伍一站在地洞旁發愣，便拍了拍他的背。

伍一回過神，下意識答道：「真愛。」

刃無名愣了一下，不明白伍一沒頭沒腦的話，只好問道：「他們全跳進這個洞裡了？」

伍一點點頭，刃無名二話不說也跳了下去。

看著刃無名消失在洞裡的背影，伍一又恍神了好一會兒，直到身後傳來大批殭屍的嘶吼聲，才喃喃自語了句：「我這不是真愛啊……」

然後，跟著也跳下洞。

❁ ❁ ❁

所謂真愛無敵……那當然是不可能的。

滿月跌入地洞裡，身體猛然急速下墜，只覺得腦漿翻攪，一陣暈眩之後，砰的一聲，屁股著地，劇痛襲來，眼冒金星，讓她好一會兒都說不出話來。

明明已經將系統設定的痛感調至下限，屁股傳來的陣陣疼痛仍是讓她直掉淚。

滿月坐了大半天，才勉強從地上爬起來，可定睛一看，差點又跌回去。

這是一間不太大的石室，石室中央有個兩條黑白陰陽魚相交的太極法陣。陰陽魚各自的魚眼散發著冷厲的白光，白光如鎖鏈，穿透懸浮於太極法陣上的「東西」的琵琶骨，令它雙臂朝左右上吊，如同被釘於十字架上。

這「東西」與殭屍同樣青面獠牙，猙獰的臉孔及散發的戾氣卻比殭屍更甚，而且有眼無瞳，慘白的眼珠滲著鮮紅的血絲，伴著那乾如橘皮的皮膚、如枯骨般的手指，讓人見了打從骨子裡發寒，怎麼看都像是剛才那批殭屍大軍的大頭目。

「它是殭屍王旱魃！原來上頭的出口只是障眼法，老大躲在這裡！」

滿月被突如其來的聲音嚇一跳，側頭看去，不知何時，風雨瀟瀟和傾城公子已站在她身旁。

風雨瀟瀟微微皺眉看著旱魃不語，傾城公子繼續說道：「看來，不解開旱魃的封印打敗它，咱們就進不了傳送陣了。」說著，轉頭看向滿月笑道：「嫂子的運氣真好，這一摔，就摔到傳送陣來，省得咱們耗費精力在一線天裡打轉！」

滿月白了傾城公子一眼，眼角餘光卻瞥見旱魃那隱約散發著青色幽光的眼白，身體忍不住僵了一下，然後縮著肩膀，往風雨瀟瀟身邊蠕動過去。

傾城公子的眼珠子骨碌一轉，迅速不著痕跡地插到滿月和風雨瀟瀟之間，雙手背在身後，笑咪咪地看著滿月，調侃道：「嫂子這是怎麼了？才幾分鐘不見，就跟大哥這麼難分難捨了！」

風雨瀟瀟淡淡地睨了傾城公子一眼，那眼神好像在說「你可以再無聊一點」，就又沉默地回頭對著被封印在太極法陣上的旱魃沉思。

傾城公子只當作沒看到，吹捧道：「也是，像我大哥如此英俊瀟灑、偉岸不凡的人已經很少見了！別說是女人，就連男人看了也要心動啊！」

傾城公子的話音剛落，那隻正要搭上風雨瀟瀟肩膀的手，在距離不到一吋時，忽然被宛如平地驚雷的女人厲聲喝住：「放開你的髒手！小姐，我來救妳了！」

聽到熟得掉渣的口頭禪，滿月不用轉頭就知道來人是誰。

小翠抖著賁張的氣勢，快步走過來，拍掉傾城公子伸向風雨瀟瀟的鹹豬手，一臉戒備地上下打量傾城公子，一邊看還一邊搖頭唏噓道：「斯文敗類啊！斯文敗類啊！」

傾城公子被她看得莫名其妙，只見小翠湊到滿月耳邊小聲說道：「小姐，妳要看緊姑爺了，免得有心存不軌的種馬盯上他，尤其是那些衣冠楚楚，看起來人模人樣的書生最愛搞基了，滿腦子就只想把人家掰彎！」說到這裡，又嫌棄地瞄了傾城公子一眼，「斯文敗類，簡直是斯文敗類啊！」

傾城公子的嘴角抖動了一下，這個死女人，又在抹黑本公子了！

果然，一轉眼就看到滿月瞪大眼睛看著自己，然後跟小翠咬耳朵：「難怪上次我好像有看到他牽妳家姑爺的手……」

傾城公子心裡瞬間有五百萬隻草泥馬奔過，牽他大爺的手，你家公子我只愛寒煙苑寒煙姑娘的纖纖玉手！

傾城公子深吸了一口氣，又吸了一口氣，正想平心靜氣地開口澄清時，卻見風雨瀟瀟的手微微在褲角蹭了兩下，又蹭了兩下，接著慢慢攥了起來。

傾城公子霎時像被雷劈到，鬱悶地蹲到角落去畫圈圈。

「小姐，妳放心，妳和姑爺就是天上的比翼鳥、海裡的比目魚，小翠我一定會誓死悍衛你們不被烏賊騷擾！」小翠雙手握拳，信誓旦旦。

滿月瞠目，「什麼比翼鳥、比目魚？」

小翠愣了一下，然後不可思議地看著滿月，那眼神像在控訴她沒文化似的，「就是鶼和鰈啊！一個比翼鳥，一個比目魚嘛！」

滿月囧囧地又問：「那烏賊呢？」

小翠看了窩在角落，頭上頂著低氣壓的傾城公子一眼，撇撇嘴，「滿肚子壞水的渣渣！」

滿月：「……」

不一會兒，孟九少、刃無名、伍一陸續趕來，當他們看到傳送陣上猙獰的旱魃時，同樣也是眉頭緊蹙。

孟九少眯眼看了半天，正想叫傾城公子，卻見他臉色陰沉地杵在一旁，又看到小翠緊緊地貼著風雨瀟瀟，突然想起什麼似的，笑嘻嘻地拍了拍傾城公子，「沒想到你這個風流大少也有吃癟的一天，還是栽在個小ㄚ頭手上，真是天理昭彰，報應不爽啊！」說著，沒心沒肺地笑了兩聲，然後很有義氣地說道：「我家裡有一本《愛情實戰三十六計》，看在我倆是好哥們兒的分上，回頭我拿給你！」

傾城公子面無表情地說道：「伍一，給他一個電風扇！」

伍一看了傾城公子一眼，果真默默地從道具包裡掏出個小電風扇遞給孟九少。

滿月傻眼，她怎麼不知道遊戲裡有電風扇這種東西？

這不科學啊！不對，更詭異的是，伍一，你為什麼要隨身帶著電風扇啊？

孟九少看著手中的迷你電風扇呆愣，「幹麼給我這個？」

「哪邊涼快，滾哪邊去！」傾城公子冷冷地道。

風雨瀟瀟和刃無名正在商量如何攻克旱魃。

鎮守來往各州傳送陣的妖神，武力絕倫，綜合武力值至少都有S級以上，許多大神級別的玩家都撲街了。

根據遊戲中的設定，攻擊、防禦加總可計算出綜合武力值，而其數值分為幾個等級，由低至高為：C級、B級、A級、AA級、S級。排行榜前幾名的大神玩家，綜合武力值幾乎都是AA級以上。超越AA級上限數值者，統稱S級。

官網論壇上沒有任何關於旱魃的攻略，更正確地說，是任何妖神的攻略都沒有。

風雨瀟瀟有些打退堂鼓，雖然要多費一番功夫跋山涉水，但要到寧州並不是非過傳送陣不可。只有他自己還沒有關係，但他不想賭上夥伴們的命，可刃無名卻持異議，事到臨頭要他退縮，不如一刀了結他，「生當作人傑，死亦為鬼雄」才是他一貫的行事作風。

兩人僵持不下，孟九少適時出來解圍：「來一線天之前，我已經讓朋友去黑市打探消息了，再等一下應該就有結果來了。」

黑市什麼都賣，包括寶物隱匿點，包括隱藏支線，包括各大BOSS的資料，還包括不為人知的是是非非，只是來自黑市的訊息通常索價不菲。

「要等多久？」風雨瀟瀟皺眉。

「快了快了！」孟九少優雅地撥了一下瀏海，微微揚起嘴角，「大家嫌無聊的話，要不要來發揚一下我們的國粹，摸個兩圈？」

滿月驚恐了，遊戲裡竟然有麻將？

「啊，我忘了，我們現在是在遊戲裡，沒有麻將！」孟九少剛說完，滿月莫名鬆了一口氣，可孟九少的下一句話又讓她囧了：「沒麻將沒關係，來個居家旅行必備尋歡作樂的好物！」說著就從袖子裡掏出一副撲克牌。

滿月：「……」沒麻將，卻有撲克牌，這是啥網遊啊？

更讓她「囧囧有神」的是，在場的人竟然沒半個人覺得奇怪，還理所當然地圍坐下來，玩起了抽鬼牌。

……

十分鐘後。

「傾城，別裝了，鬼牌在你那裡吧？」孟九少含笑說道。

「你怎麼不說是在老大或無名那裡？伍一也有可能，扮豬吃老虎可是他的專長！」傾城公子挑眉。

伍一：「……」

「九少，三秒前你手上明明還有六張牌，為什麼現在只剩下四張？」刃無名瞥了孟九少的牌一眼，淡淡地說道。

「你看錯了！」孟九少淡定地答道：「你忘了你近視九百度、散光七百五十度嗎？」

「每個人在遊戲裡的視力都是一樣的。」刃無名應道。

風雨瀟瀟沉默地把手中湊成對的最後兩張牌打出去，從第一輪開始，他就一直是最先打完牌的贏家，那彷彿被女神眷顧的手氣，讓所有人同聲鄙棄。

「嫂子，妳也來玩啊！」傾城公子看向蹲在風雨瀟瀟斜後方的滿月，笑著說道：「多玩牌，牌多玩，可以預防老年痴呆喔！」

「是啊，小嫂子，妳看傾城玩得那麼熟練，就知道他是老手了！」孟九少意有所指地嗤笑。

「孟人妖，別以為我聽不出來你拐彎抹角罵我痴呆！看你那一手高超的做牌技術，誰痴呆一看就知道！」傾城公子指著伍一，「你問問伍一，你那張狐狸精的臉怎麼看怎麼痴呆！」

「屁啦！你明知道伍一不會說話，還故意拖他下水，想轉移你是老年痴呆的焦點是吧？」

「誰說伍一不會說話，他只是怕說出實話，你這張狐狸臉沒地方擺罷了！」

伍一看看傾城公子，又看看孟九少，默默地把手上成雙的最後兩張牌打出去，然後默默地蹲到角落去。

滿月看著傾城公子和孟九少你來我往的幼幼班級別鬥嘴，心中一嘆，她不知道玩抽鬼牌可不可以預防老年痴呆，但很顯然會讓人降低智商。

「啊，死啞巴，原來鬼牌在你手上！」剛從伍一手中抽出他最後一張牌的小翠大叫。

「死人妖，你是不是偷藏牌了？我看到你的手伸進袖子裡了！」小翠又大叫。

「我手臂癢，伸進去撓兩下而已！」孟九少答道。

「啊，死種馬，你敢偷看我的牌，小心眼睛爛掉！」小翠忙縮回手，蓋好牌。

「誰偷看了？我只是脖子酸，轉兩下礙著妳了？」傾城公子抿嘴。

滿月：「……」小翠啊，妳這一嚷嚷，咱們這一窩都成死人了！

就在這時，突然有一道金色的光輝掠過眾人眼前，宛轉悅耳的鳴叫聲陡然在陰森森的石室裡響起，有種說不出的違和感。

孟九少目光一閃，說道：「消息來了！」

待那道金輝在孟九少的肩膀上停住，眾人才發現那金色光芒是小小的金鳥身上發出來的。小金鳥嘴紅腹白胸黃，原來是時辰鳥，也就是一般人常說的金絲雀。

滿月驚了，遊戲裡有金絲雀這種寵物嗎？難道是台幣戰士才養得起的？

孟九少解下金絲雀腳上的紙卷，滿月又驚了，果然不是寵物，可是……可是飛鴿傳書的信使裡有金絲雀嗎？想起自己包裡那隻灰不溜丟的小麻雀，頓時淚流滿面。

孟九少打開紙卷，手隨意一拍，金絲雀瞬間化成黃蓮符。

好吧，原來是符紙變的式神，她安慰多了，這遊戲還是很公平的。

誰知滿月才剛這麼想，隨即又是一隻雪白大鳥滑翔而入。大鵬繽紛，翼若垂天，端的是氣勢騰騰的飛禽。

雲頂雪鵬是飛鴿傳書裡最高級的信使，第一次近距離看到，滿月看得目瞪口呆，而當雲頂雪鵬停駐在小翠的手臂上時，滿月的嘴更是張得可以吞下大鴨蛋了。

小翠這是發財了？雲頂雪鵬可不是她們這種三級貧戶養得起的啊！

小翠沒注意到滿月投過來的「熾熱」目光，就見她解下紙卷後，雲頂雪鵬展翅在空中盤旋兩圈就消失了。

滿月瞠目結舌了好一會兒，才愣愣地問道：「小翠，那隻……那隻……妳……」

小翠這才注意到滿月驚詫的模樣，連忙湊近她說道：「小姐，我來之前去找了黃半仙，跟他打聽一線天的事，他讓我先過來，晚點兒給我消息。黃半仙才不像別人說的那樣見錢眼開、見死不救，妳看，這信送得好快，比我的小燕子有效率多了呢，可見他有多擔心我！」

「剛才的雲頂雪鵬是黃半仙的？」滿月呆問。

「是啊！」小翠理所當然地答道。

得，這遊戲乾脆改名叫「黃半仙 online」算了！

滿月沒搭理小翠那抱著紙箋喜孜孜的模樣，轉而去看孟九少打聽來的消息。

她覺得黑市比黃半仙靠譜多了。

孟九少看著展開的紙箋，越看臉色越凝重，最後雙手一攤，斜睨風雨瀟瀟，說道：「老大，這消息花費我三千金，你可得補給我！」

滿月咋舌，三千金？你乾脆去搶銀行算了，一條消息要三千金，果然是黑市！

風雨瀟瀟面不改色地點頭，「說來聽聽！」

「什麼都沒打聽到！」孟九少兩指拈著紙箋在眾人面前翻轉，就見上面一個字也沒有。

風雨瀟瀟瞇眼。

傾城公子和刃無名等人的面色也沉了下來。

滿月卻是風中凌亂了，半個字都沒有的消息竟然索價三千金？

這光明正大的仙人跳，要不要做得這麼「清新脫俗」啊！

「這是……被騙了？」滿月遲疑地開口。

風雨瀟瀟微愣，伸手撫了撫她的頭。

滿月悶了，你倒是說句話啊，咱倆的默契還沒好到可以只靠肢體交流呀！

「在黑市裡，只要喊得出價碼，沒有買不到的消息。」傾城公子伸出兩根手指說道：「只有兩種情況會什麼都打聽不到，那就是沒人來過，或是沒人打贏過。」

「那現在是什麼情況？」滿月愣道。

「不可能沒人來過這裡。」孟九少說道。

言下之意，就是沒人打贏過。

滿月下意識地又瞥向不遠處太極法陣上那陰慘淒寒，眼白又滲著血絲的旱魃，忍不住打了個寒顫。

突然想到那如神話般的黃半仙，她忙往小翠那邊湊過去，只見小翠拈著紙箋翻來覆去，一副極為苦惱的模樣，看見滿月，就垮著臉把紙箋遞過來，說道：「小姐，黃半仙寫的這是什麼意思啊？」

滿月接過紙箋一看，上面只寫了斗大的兩個字：保重。

再翻過紙箋背面一看，又是簡單明瞭的三個字：五十金。

小翠口中那個不會見死不救，又不是見錢眼開的黃半仙，就召了雲頂雪鵬，送來了這麼一張紙箋？

「小姐，黃半仙會不會是把信寄錯人了？」小翠糾結地問道。

滿月：「……」

第五章
必勝之賭，浴血的絕地反擊

什麼都打聽不到，風雨瀟瀟反而鎮定下來。

他面對著旱魃，坐在太極法陣前沉思，也沒人催他，其他人對他一向是很信服的。

而刃無名看到他這模樣，就知道他是決定打旱魃了。

眾人各做各的事，檢查道具的檢查道具，整理儀容的整理儀容，這架勢一看便知一會兒就要全面開戰了。

這種風雨欲來的氛圍讓小翠坐不住，她拉著滿月，憂心忡忡地問道：「小姐，姑爺在想什麼啊？」

滿月微愣，訕訕地答道：「我怎麼會知道？」

「小姐是姑爺的老婆，怎會不知道？」小翠不可思議地反問。

「為什麼他的老婆應該知道？」

「不是有句話說，夫妻同心，其力斷金嗎？」小翠理所當然地說道：「你們不同心，等一下怎麼斷金？」

「我看起來像是能去斷金的人嗎？」滿月翻了個白眼。

小翠啞口無言，上下打量了幾眼滿月的小身板，毫不掩飾地鄙視撇嘴，便轉頭翻她那裝滿毒藥的道具包了，可翻了兩下，視線又不住地往滿月身上飄，囁嚅了幾次，那欲言又止的樣子讓滿月忍不住開口：「妳想說什麼就說吧，免得憋得內傷。」

反正小翠說什麼，她都不會驚訝了。

「小姐，這可是妳要我說的，不是我自己想說的喔！」

如果可以，我是不太想聽啦！

「是，是我說的！」滿月無奈點頭。

「小姐，妳看嘛，姑爺長得高長得帥，體格好，功夫也好，看那個什麼山莊的，就知道姑爺一定也有很多錢。雖然剋妻剋子剋父剋母剋人家祖宗十八代，可小姐不是還沒被剋死嗎？當然不是說現在沒死，以後就不會死，尤其像小姐這種路人甲，都是那種一上場三分鐘就死掉的，所以小姐能活到現在，簡直是踩到狗屎了……（以下省略八百字）」

滿月：「……」她就不該期待小翠的嘴裡能吐出象牙來……

「妳到底想說什麼？」

「啊啊，不小心離題了！我要說什麼來著……哦，對了，小姐，我是想說，妳不覺得妳應該對姑爺主動一點嗎？」

妳繞了一大圈，就只是要說這句話嗎？

滿月皺眉回想了好一會兒，覺得自己對風雨瀟瀟雖然談不上熱切，但也是親近有餘了，不由得問道：「妳覺得我對他很冷淡嗎？」

「不會啊，只是比較起來，姑爺對小姐熱情多了！」

熱情？滿月下意識朝風雨瀟瀟那邊望過去，這個角度只看得到他的側臉，黑眸幽深如水，鼻樑翹挺，薄唇微抿，渾身散發著略顯孤冷的氣息，怎麼看都跟熱情搭不上邊……

他似乎很喜歡摸她的頭，滿月忍不住摸了下頭，「有嗎……」

小翠白了滿月一眼，搖頭嘆道：「姑爺真是可憐啊，人家的老婆都是漂亮又大方，沒事就貼上去噓寒問暖，就我家姑爺的老婆，平凡又遲鈍，連做個紅燒豆腐都做不好，可憐啊可憐啊……」

紅燒豆腐是哪裡得罪妳了，妳是要記多久？

「小姐！」

「啊？」

「再這樣下去，妳會輸喔！」

滿月心中一凜，轉頭看向風雨瀟瀟，唇一抿，硬著頭皮走過去，在他的身邊坐下。

風雨瀟瀟有些驚訝地看著滿月，滿月的視線飄忽，看東看西，就是不看他，好一會兒才磕磕絆絆地問道：「我、我就是問問、問問，你有沒有需、需要幫忙的地方？」

風雨瀟瀟看著滿月躲閃的模樣，淡笑道：「不用擔心，沒事。」話說得簡單，但不知道為什麼，卻有一種安定人心的力量，讓人不由自主想去信賴，想去依賴，風雨瀟瀟應該就是那種天生的王者吧！

滿月突然覺得心裡有些空落落的，說不出來是什麼感覺，她低下頭看著自己的腳尖，繡鞋鞋頭上繡著一朵清清淡淡的小雛菊，淺黃花瓣上蒙了層泥沙，看著頗彆扭。腳尖晃了兩下，沒甩乾淨，索性站起身抬腳又踢了幾下。

「怎麼了？」風雨瀟瀟也跟著站了起來，疑惑地問道。

滿月僵了下，忙擺手說道：「沒事沒事，就是鞋子剛才沾到沙子，甩兩下就好了！」

風雨瀟瀟看著滿月，若有所思，就在這時，傾城公子等人走了過來，他又看了滿月一眼，就逕自與眾人談論起攻略旱魃的事。

滿月垂頭喪氣地走到一旁，小翠正想開口，她搶先伸手制止，「妳什麼都不必說，我知道我很沒用，不過，這只是遊戲，我覺得順其自然就好。本來沒什麼的，太刻意的話，就好像有什麼了，可是本來就沒什麼。」

「什麼有什麼沒什麼？我只是想問小姐帶了多少大蒜，等一下打起來，我想拿一些防身。」

既然沒什麼，那妳剛才為什麼要說那些話激我？

滿月這邊糾結著，風雨瀟瀟那邊倒是談得順利，眾人一致決定速戰速決，既然不知道敵人的底細，那就先發制人。

孫子兵法有云：「善戰者，立於不敗之地，而不失敵之敗也；是故勝兵先勝而後求戰，敗兵先戰而後求勝。」

欲敗敵，必先立於不敗之地，風雨瀟瀟從來就不是那種乖乖挨打的人。

「九少，你的真氣恢復了嗎？」風雨瀟瀟問道。

「綽綽有餘！」孟九少豎起大拇指。

「無名？」風雨瀟瀟看向刃無名。

「等很久了！」刃無名扭了下脖子，又活動了下嘎吱作響的胳膊。

「伍一，等一下看到我打手勢，你就射穿結界，打破封印！」風雨瀟瀟囑咐完伍一，又轉頭看向傾城公子，不等他開口，傾城公子已經取出絕世名器大聖遺音琴，琴上七弦泛著隱約的冷厲紫氣，他撫著琴身，收起了平日的玩世不恭，眉眼之間，罕見地帶上了幾分銳意，緩緩說道：「我會顧牢你們的背後，你們只管上就對了！」

孟九少瞄了傾城公子一眼，見他這副模樣，知道他是動真格了。

滿月是第一次見到傾城公子與平時嘻笑截然不同的正經模樣，感覺有些新奇。

小翠也是呆愣，瞪著眼睛久久都移不開視線。

滿月伸手在她面前揮了好幾下她都沒發現，滿月忍不住竊笑道：「小翠，妳怎麼了，沒見過帥哥啊？」

小翠愣了半天沒說話，好一會兒才吐了口長氣，感嘆般的搖頭說道：「沒想到禽獸也有人模人樣的時候！」

滿月：「……」

最終的布署是，皮硬肉厚的刃無名當先鋒，與風雨瀟瀟同為攻擊主力。孟九少負責機動牽制全場，輔助攻擊，而和他同樣是法術系職業的傾城公子，則是與伍一搭配，進行遠距離攻擊。

剩下的兩隻廢材娘子兵，自然是有多遠就滾多遠，以不拖累眾人為己任。

滿月其實是有些掙扎的，她和風雨瀟瀟畢竟是名義上的夫妻，自己逃跑好像有些不太道義，可她半點武力值也沒有，留下來只會成為他的負累。

思考了片刻，理智戰勝感情，她還是果斷地拉著小翠往離太極法陣最遠的角落滾去。

小翠看出她的內心掙扎，出言安慰道：「夫妻本是同林鳥，大難來時各自飛，自古以來都是這樣，可恥的絕對不止小姐妳一個！」

滿月：「……」妳到底是在勸我走，還是勸我留啊？

風雨瀟瀟看了滿月的背影一眼，朝傾城公子使了個眼色，傾城公子抿嘴道：「是是是，我知道，我會一邊顧好嫂子，可是……」

他的話沒說完，就被風雨瀟瀟決然打斷：「沒有可是，萬一她有一點損傷，你也不用站在這裡了。」

傾城公子抽了下嘴角，他早知道自家老大有多霸道，可霸道得這麼理直氣壯，這麼沒有道理，還是頭一遭。

刀劍無眼，他們又是第一次面對這種武力值未知的S級妖神，他哪敢打包票啊！而且，她又不是我老婆，為什麼我要操這閒心？

孟九少同情地拍了拍傾城公子的肩膀，「天將降大任於斯人也，必先苦其心志勞其筋骨，你這是任重而道遠啊！難怪老大把你視為左膀右臂，這份殊勞可是別人也爭取不來的，真是讓人羨慕呀！」

傾城公子陰冷冷地道：「那我把這殊榮分你一半好了，如果嫂子受了傷，我就把上個月你搭訕外文系系花的事告訴如晴妹妹，所以，為了不讓你家太座又拿菜刀追你兩條街，等一下你可得好好表現啊！」

「呸，你要不要這麼無恥！」孟九少瞪眼說道。

「別客氣別客氣，誰叫我們是好兄弟！」傾城公子痞痞地笑道。

「我真是倒了八輩子楣，才認識你這種專坑自己兄弟的朋友！」孟九少憤憤地說道。

「千金難買早知道，萬金難買沒想到啊！」傾城公子勾住孟九少的脖子大笑。

滾得老遠的滿月看到兩人「惺惺相惜」的模樣，不由得感嘆道：「男人之間的友情就是讓人嚮往啊！」

小翠沒說話，只是瞇著眼看著傾城公子圈著孟九少的那隻手，心裡暗暗警惕：這個死種馬果然喜歡搞基，她以後得盯緊一點，別讓他對姑爺有機可乘！

這樣想著，忍不住又瞄了兀自感慨的滿月一眼。

小姐這麼遲鈍，得找個時間提醒她才行，免得她老公被死種馬拐走。

風雨瀟瀟解開負在背上用黑布包裹的武器，揭開黑布，現出他慣用的那桿紅纓梨花槍。

似是要呼應主人緩緩醞釀起的殺氣，槍刃隱隱透著的銳芒更勝往常，就連那鮮紅的槍纓，此時都豔得像要滴出血一般。

梨花槍不是戰將最頂級的武器，卻是風雨瀟瀟使得最順手的武器。

刃無名的目光閃了閃，斜眼瞄著他那心能忘手，手能忘槍，長槍彷彿化為四肢般在他手中纏刺自如的模樣，不由得想起其他玩家對風雨瀟瀟的評價：「一桿梨花震八方，莫道風雨驚斷腸。」

別人稱他是「索命追魂劍」，但在他自己看來，他的追魂劍，卻及不上風雨瀟瀟的斷腸槍。

他是收錢辦事的賞金獵人，對聽從別人的命令反感，喜歡按個人喜好行事，所以未曾加入任何公會，也不隸屬任何一個派系。他有本事，所以可以自由來去，而風雨瀟瀟更有本事，所以創建了屬於自己的勢力，割據一方。

他的雇主有很多種，他尤其偏好與風雨瀟瀟這樣的人合作。

風雨瀟瀟出價俐落，談條件從不拖泥帶水，只要達到目的，不在意任何蠅頭小利。

他受雇於風雨瀟瀟所幹過的最大宗買賣是，跟著他進入遊戲中難度排名前十名，堪稱惡夢級的連環副本「目蓮救母」。

當時他們一行十二人闖過閻魔界深宮，好不容易攻克三十六種餓鬼，進入餓鬼道時已傷亡慘重，其中七人更因生命值低於標準線，被系統強迫傳送出副本，而剩下的五人，雖然最終擊敗了閻魔王，卻也因為受傷過重，被系統強制七天不得登入遊戲。

他和風雨瀟瀟便在最後那傷重而被強制不得登入遊戲的五人之列，縱使如此，他仍是覺得值得，因為那次下副本所獲得的報酬和戰利品，比過去的所有買賣都要貴重十倍。

自此以後，只要是風雨瀟瀟提出的雇傭，他就沒有拒絕過，因為風雨瀟瀟找上他的絕對不會是小買賣，而他，就欣賞如此有魄力又大氣的人。

就像這次的乾坤一線天，越是沒人闖過，越是能挑起他的興致。

「你覺得我們能贏嗎？」一刃無名問道。

風雨瀟瀟默了一下，淡淡地說道：「沒試過，不知道。」

果然是風雨瀟瀟的作風，既不浮誇自矜，也不自貶自抑，那種形於外的厚實和穩健，就是他能常勝不敗的關鍵。年紀輕輕就有這等氣勢，不容小覷。

他自問是網遊老鳥，現實生活中的閱歷也比這個人多了少說十年以上，卻偏偏沒有如此洗練的老成。

天分嗎？他突然有些不甘心。

「喂，我跟你打個賭如何？」一刃無名突然說道。

風雨瀟瀟抬眼看他，沒有作聲。

「如果這次我不會被旱魃打得又被系統強制幾天不能登入遊戲，那我就加入你的公會，如何？」一刃無名笑道。

風雨瀟瀟見他不像是開玩笑的樣子，便乾脆地點頭，「賭了！」

刃無名抽出長劍，風雨瀟瀟朝伍一打了個手勢，伍一立刻搭弓拉箭，其他人該備戰的備戰，該躲避的躲避，尤其是那兩隻已經龜縮在角落的娘子兵，只差沒全身貼在牆壁上了。

傾城公子撇了一下嘴，他相信這兩隻此時更想挖洞躲進去。

風雨瀟瀟大手一揮，伍一疾箭破空而出，咻的一聲，筆直射向被封印在太極法陣上的旱魃。

箭頭在離旱魃一吋不到的時候，忽然凌空止住，半晌沒動靜。刃無名正想上前查看，地面忽然微微震動起來。震幅起初不大，很快就像地震似的，劇烈搖了好幾秒，滿月倚靠著石壁才勉強站穩。

震動方歇，鎖住旱魃琵琶骨的鏈子如白光陡然消散，旱魃原本被吊於半空的雙臂慢慢落下來，微垂的頭則緩緩抬起，猙獰的臉孔上，兩隻有目無瞳的慘白眼珠似乎又更凸出了幾分，而且就在旱魃抬起頭的剎那，它渾身猛然溢出極寒極陰的氣息，充斥於石室內，滿月忍不住打了個寒顫，即使她離得遠，還是能感受到那股讓人不寒而慄的冰冷。

就在這時，旱魃嘴唇微張，露出兩顆青色外翻的獠牙，上下排牙齒顫動，發出低低的嘶嗚。

接著，眾人聽到了宛如來自地心的沙啞聲音：「爾等愚蠢人類，膽敢擾亂本妖神沉睡！

吾自煉獄來歸，誓以烈火送爾等墮入輪迴！」

話音一落，封印消失，旱魃緩慢踏出太極法陣，隨即眼放青光，厲聲低吼，眾人心頭一凜。

刃無名率先提劍劈去，劍鋒落在旱魃肩上，旱魃只是身軀微晃，立即反手朝刃無名的臉上抓去。刃無名後仰避開，可旱魃的手來得又急又快，只距不到吋餘就能抓到他，他驚險得堪堪避過。

可才剛避過，刃無名隨即感到面部一麻，立刻大叫示警：「小心，他的爪子有毒！」說著，回手一招「清風拂面」，直刺旱魃面門。

旱魃不掩不退，頭一傾，額頭硬碰刃無名疾指而來的劍尖。兩者相觸，力道之猛，讓雙方都是渾身微震。

這一停頓，旱魃背後大開，風雨瀟瀟立時一抖長槍，挽出槍花，刺向他的背心。

刃無名不讓旱魃有機會回身格擋，連連使出凌厲的攻勢，先是看似優雅，卻綿裡藏針的西施浣紗、嫦娥拜月，繼而是看似簡單，實則暗藏殺機的四面楚歌、圍魏救趙。

招招拉仇恨，步步踏驚心。

而趁著旱魃被纏住之際，孟九少拈起黃蓮符，虛空疾畫，祭出水咒：「此水非凡水。北方壬癸水，一點在硯中，雲雨須臾至，病者吞之，百鬼消除，邪鬼吞之成粉碎，急急如三奇帝君律令。」

接著手腕一揚，黃蓮符瞬間化開，一層如水霧般的氣息聚攏在旱魃周身，猶如密網罩住它。

傾城公子左手按弦，右手連挑七弦，琴弦彈出，七重紫氣化為七道彩光，射向被困住的旱魃。伍一也同時間出手，連射七箭，七箭與七道彩光聚合，穿透旱魃。

旱魃受到重創，淒厲嘶吼，卻沒有倒下，旋即額上裂開一道縫，青色如牙的角冒出，陡然全身泛起黑氣。

風雨瀟瀟臉色不變，大喝：「退！」

然而，眾人退得再快，都沒有旱魃快。

旱魃低吼一聲，雙掌朝左右一推，近身攻擊的風雨瀟瀟和刃無名瞬間各被一股巨力擊中，兩人被打飛出去，撞到石壁後落地。

那巨力來得又猛又疾，打得他二人氣血翻湧，倒地時已經各自吐了一灘血。

傾城公子等人離得遠，退得及時，只被旱魃掌風掃到，雖然心口悶窒，但都沒有受到重傷。

旱魃並沒有給眾人喘息的機會，它繼續追擊負責拉仇恨的刃無名。

刃無名才剛勉強站起身，旱魃已追截而至。狂暴化的旱魃攻擊方式極為明確，平抓、橫推，輔以毒化。剛才被它擊中的刃無名，四肢幾近麻痺，此刻根本無法靈活動作。

旱魃掐住他的脖子舉起，刃無名嘴角又流出鮮血，臉上有些微痛苦地扭曲。

孟九少取出羅漢杵凌空揮劃，劃出數道刺眼的金輝，金輝相映交織成蓮，蓮瓣迴轉紛飛，浸入刃無名體內。刃無名身上的麻痺感瞬間消失殆盡，他反握劍柄，劍鋒刺入旱魃肚腹。旱魃卻像毫髮無傷似的，手指猛縮，刃無名一口氣差點提不上來。

伍一挽弓又是一箭，這箭準確地射中旱魃的左眼。

旱魃猛然怒吼，拔出箭矢，抓起刃無名，甩向伍一。

孟九少和傾城公子奔來，想接住刃無名，但他倆標準風流書生的身板，怎堪刃無名這大塊頭的重力加速度，於是，人是接到了，兩人也重重地往後跌去。

更糟的是，他們跌出的方向是兩隻被這些連環變故嚇到正抱在一起懷念爹媽的娘子兵所在。

刃無名不愧是負責拉仇恨的，拉得非常成功，旱魃現在對他可謂是「情深不改」，幾個人才跌出，旱魃又旋風般襲來，這一擊剛好是一網打盡。

就在旱魃距一夥人僅三五步的距離時，一桿長槍陡然飛抵。那槍疾如狂風，帶起的氣勁，威壓得旱魃退了幾步。

風雨瀟瀟截擊而來，臂隨槍至，手腕轉動，連刺帶纏，圈、撲、撥、撻，黃龍擺尾、青龍出水、烏龍探爪等招式一一使出。只見使槍之人靈活的身姿矯若遊龍，一系列的動作如行雲流水，襯得他俊挺無雙的眉眼及凌厲無匹的氣勢越發出眾，翩若驚鴻。

刃無名再度跟著提劍搶上前，一招冷梅橫斜，直攻旱魃下盤。

對於這種狂暴化的物理怪，法系的傾城公子和孟九少幾乎只有乾瞪眼的份，雖然時而見縫插針，卻無法給予旱魃致命性的傷害。況且，拉仇恨這種苦差事，還是只能交給刃無名這樣能操耐打又皮粗肉厚的人。

鎮守乾坤一線天的妖神，果然如傳聞中變態的強，眾人幾番圍攻痛下狠手，都沒能撼動它的本命半分。原以為拖過它的狂暴化就能找到破綻，可它的狂暴化卻跟其他地圖的怪物不同，似乎沒有時間限制，甚至越來越頑強，眾人受的傷也越來越重。

尤以近身攻擊的風雨瀟瀟和刃無名受創最深。

風雨瀟瀟的力道雖稍遜於刃無名，但他的速度卻比刃無名快上幾分，所以刃無名硬是比他多挨了旱魃數掌。

兩人吐了不知道多少灘血，身上血漬斑斑，傷痕累累。

不知過了多久，風雨瀟瀟又一次中招嘔血後，突然沉聲吩咐道：「輕塵、九少，你們帶滿月和小翠先走，伍一殿後護著他們，這裡交給我和無名擋著！」

傾城公子等人一愣，隨即反應過來，風雨瀟瀟是要犧牲自己讓大夥兒先退走。

傾城公子的臉色沉了下來，冷聲道：「要我走，你不如一槍刺死我！」

其他人也是毅然搖頭拒絕逃跑，滿月雖然心中害怕，但也只是定定地看著風雨瀟瀟濕了又乾乾了又濕，不知汗濕多少遍的臉龐。

風雨瀟瀟沉聲道：「輕塵，這是命令！」

傾城公子冷笑未應。

「輕塵，我發現旱魃的罩門了！」風雨瀟瀟趁著刺擊旱魃的空檔又道：「你們在這裡，我有所顧忌，施展不開！你應該知道，我從不說空話！」

話音剛落，猛地又受了旱魃一擊，他悶哼一聲，湧上的腥羶之氣在喉嚨打轉，硬是被他又逼了回去。

傾城公子撫著早被旱魃震麻的手臂，垂眼不知道在想什麼，過了好一會兒，突然對孟九少說道：「九少，你跟伍一保護嫂子和小翠離開，我隨後就到。」

孟九少瞄了傾城公子一眼，淡淡地說道：「少把別人當傻子！」

「你的真氣不多了吧？」傾城公子直勾勾地看著孟九少，「你很清楚老大現在在意的是什麼，我們與其在這裡逞口舌之快，不如讓老大沒有後顧之憂。」

「每次都拿這種話來堵我！」孟九少冷哼，卻還是轉頭對伍一說道：「伍一，咱們走！」

伍一看了看與旱魃打得難分難解的風雨瀟瀟和刃無名，又看了看傾城公子，然後垂下頭，沒說話，也沒行動。

「伍一！」傾城公子皺眉又喊了一聲。

伍一還是不動，過了大半天，傾城公子想再度催促，伍一忽然慢慢挪動腳步，往滿月和小翠的方向走去。

滿月一直沒開口，聽著風雨瀟瀟對傾城公子說的話，又聽著傾城公子勸孟九少的話，始終沒吭聲，只是看著聽著。待伍一走到她面前時，她也只是瞄他一眼，就又轉頭看向風雨瀟瀟。

傾城公子嘆口氣，無奈地喚道：「嫂子。」

滿月沒應，視線仍是牢牢地鎖在風雨瀟瀟身上。

「嫂子……」

傾城公子又叫了聲，滿月卻是轉頭囑咐小翠：「妳跟伍一、孟九少先走，三分鐘後，我和傾城公子會趕上你們。」

「小姐……」小翠不情不願。

「小翠，這是命令！」滿月面無表情地說道。

小翠嘟著嘴，咕噥道：「命令命令！小姐和姑爺不愧是天生一對，都愛用命令欺壓人！」

「說什麼呢？還不快走，小心妳的小命不保！」滿月催道。

「知道啦！小姐，妳等一下一定要來，不然我就……我就……」小翠想了想，撂下狠話，「不然我就詛咒小姐下輩子還跟這輩子一樣醜！」

滿月：「……」其實妳是我仇人失散多年的女兒吧？

待小翠和孟九少、伍一一步三回頭地離開之後，傾城公子擔心滿月有什麼舉動，盯她盯得很緊，卻見她一動也不動，就這樣直直地看著風雨瀟瀟，看著他被旱魃一次又一次打得嘔血，一次又一次倒地爬起，整整看了三分鐘。

「嫂子……」

滿月深深看了風雨瀟瀟一眼，才點頭說道：「我們走吧！」

說完，頭也不回地轉身朝小翠他們離開的方向走去。

傾城公子鬆了口氣，朝風雨瀟瀟和刃無名點了一下頭，就跟了上去。

風雨瀟瀟看了滿月的背影一眼，持槍格擋開旱魃，隨即轉頭對刃無名笑道：「不要忘了我們打的賭，你得加入我們公會了！」

刃無名正要答話，卻見風雨瀟瀟突然矮身避過旱魃，來到他面前。他還未及反應過來，就被風雨瀟瀟猛然撞開，撞離旱魃的攻擊範圍，接著，風雨瀟瀟獨自回身迎擊旱魃。

旱魃五指利爪直探他的腹部，可風雨瀟瀟竟然沒有像先前那樣用槍阻擋，也沒有避開，刃無名就這樣眼睜睜看著旱魃的爪子穿過他的血肉，硬生生像鑽子般在他身體開了個大洞。

半途掉頭回來的滿月也正好看到這一幕，整個人驚呆了。

風雨瀟瀟強撐著承受這一擊，一手抓著旱魃不讓它退回去，另一手迅速繞到它身後，食指與中指併攏，劍指往其後頸用力一刺。

旱魃瞬間厲聲哀嚎，渾身一顫，軟綿綿地癱倒在地。

滿月只覺得自己的呼吸像是被人掐住似的，胸口窒悶，張了張嘴卻說不出話來。

她愣愣地往前走了兩步，忽然眼前白光一閃，然後……

然後，就沒有然後了。

滿月眨了眨眼睛，就見偌大的石室變成了淡藍色壁紙鋪黏的小房間——單人床、書桌、電腦、組合式塑膠衣櫥、零落的書櫃、小冰箱——這不是她搬出學校宿舍，在外租了兩年多的房子嗎？

難道是斷線了？

滿月忍不住看向遊戲主機，就見螢幕上跳出一則訊息：「網路連線中斷。」

……

……

滿月，本名杜彌月，小名滿月，今年二十歲，國立A大三年級哲學系的學生，班上五十人，成績永遠保持在第二十五名。

雖然是大學生，但個頭嬌小，臉又稚嫩，常被誤認為是國中生。

二十年來，從未爆過粗口的她，在姊姊心目中是乖乖牌的她，此時此刻，終於忍不住憋出了一個響亮亮的字：「靠！」

想到在遊戲裡看到的最後畫面，滿月立刻咚咚咚跑到遊戲主機的螢幕前重新按了連線，誰知按了半天都沒反應，她急了，開始檢查主機電源，左看右看，發現主機仍在正常運轉，唯獨網路連線的訊號燈始終閃著異常的紅光。

她顧不得現在是半夜兩點，跳起來就衝出去敲隔壁室友的房門。

她租的是三房兩廳的公寓，一套房、兩雅房，兩個室友都是同班同學，住套房的是柳清雅，住另一間雅房的是陶文雅，因為兩人的名字都有個「雅」字，柳清雅又比陶文雅大兩個月，所以滿月統稱她們大雅、小雅。

大雅愛嬌愛俏，非常在意自己的容貌，每天晚上十點鐘雷打不動地準時上床睡美容覺。也不知是美容覺有效，還是青春無敵，總之，大雅確實是個皮膚白皙水嫩的美麗佳人。

小雅卻跟十分注重形象的大雅相反，平時大手大腳，做事全憑喜好，尤其熱愛運動，經常在陽光底下跑跳，不像大雅，要她曬太陽，就像要吸血鬼見光似的。

小雅的生活作息與她的性子一樣隨興，沒有規律，所以滿月敢大半夜去敲她房門，當然，她不會承認是怕大雅的「河東獅吼」。

據小雅的說法，上一個打擾大雅睡美容覺的，還在太平洋某個小島自立自強沒有回來。

滿月敲了十來分鐘的門，小雅才睡眼惺忪地來開門，看到是滿月，忍不住伸了個懶腰又打了個哈欠，慢吞吞地問道：「天亮了嗎？」

「小雅，快，妳看看妳的電腦網路是不是能連線？」滿月抓著小雅的肩猛搖。

「啊？」小雅被滿月搖得莫名其妙，搖得瞌睡蟲跑了大半，「啥網路？」

「我的網路突然斷了，重開機也沒用，妳快試試妳的電腦能不能連得上！」

與時下的年輕人不同，大雅和小雅都不是網路的重度使用者，除了做作業需要之外，平時不常上網。大雅比小雅用的頻率高些，但都只用來找美容資訊，而小雅根本是百年難得開機一次，叫她坐在電腦前，不如叫她去打球。

大雅是基於美容，認為電腦螢幕、手機螢幕等等所發散出來的輻射會損傷皮膚，因而不常上網，小雅則是單純沒興趣，她的時間都用在吃和運動上。

小雅被滿月焦急的模樣嚇到，以為發生什麼大事，連忙去開她那台蒙了一層灰的電腦主機電源，結果卻是和滿月一樣，怎麼試都無法連線。

這樣就可以確定不是滿月的遊戲主機有問題，而是網路真有問題。

「會不會是電信公司的機房有問題？」小雅看到滿月一臉沮喪，忍不住安慰她。

滿月失魂落魄地飄回房間，倒在床上，瞪著天花板發呆，好一會兒突然想到什麼似的，忙又跳下床，翻出手機，按了快捷鍵，可另一端卻傳來對方未開機的系統音。

滿月把手機丟到一旁，又倒回床上。

小翠，不對，是曉妮，曉妮現在一定還在遊戲裡。

躺在床上，她腦海裡反覆縈繞著被踢下線前看到的畫面。

風雨瀟瀟以自己為餌，浴血退敵。

他臉上、身上觸目驚心的斑斑血漬，那種真實感讓她忘了這只是遊戲。

她隱約記得斷線前，她好像看到風雨瀟瀟在迷濛白光的另一頭對她微笑，可一眨眼，卻又只看到他那雙深邃如寒潭的黑眸。

那是她的錯覺嗎？

無論如何，她很慶幸她有調頭。

她答應要跟著離開，卻沒說不回去。

所以，她隨傾城公子走出沒多久，就立刻轉身跑了回去。

當時她只有一個念頭：絕對不能留他一個人！

滿月焦躁地翻了個身，她一直以為這是遊戲，可不知道為什麼，看到風雨瀟瀟受傷時，她胸口的憋悶感覺，直到此時此刻，還是鮮明地烙印在身體裡。

她以為這是遊戲，可又覺得好像有什麼不一樣了……

翻來覆去的結果就是，滿月第二天早上是被小雅挖起床的。她還沒來得及跟大雅確認她的網路是不是也有問題，就頂著兩顆熊貓眼被小雅拖去上課。

她倆選了同樣的通識課程，整節課滿月是在恍神和瞌睡中度過的。

滿月清醒時都是心不在焉的狀態，神經粗得跟電線桿有得比的小雅沒發現，只當她是熬夜熬的。好不容易撐到下課，滿月想到圖書館窩著補眠，她只剩今天下午一門課就可以結束煎熬，放風回家了，可惜小雅沒放過她，興致勃勃地拉著滿月往體育館奔去。

一路上聽著小雅嘰嘰喳喳，滿月這才想起來，現在正好是「全國大專院校風雲盃校際籃球錦標賽」的賽程期間。

她不知道A大的籃球隊強不強，但在小雅大力吹捧下，應該是不弱才對，而且今天是前四強準決賽，輪到A大主場。

早上、下午各有一場比賽，早上是A大對T大，下午是S大對N大。

學風自由的A大，向來把有全國最高學府美譽的T大視為死對頭，如今兩廂在籃球場對上，A大誓言要痛宰T大。

小雅的男朋友是籃球隊的大前鋒，土木工程系四年級的學生，名叫石彥生。因為個兒高又壯碩，所以綽號大石頭。

小雅和大石頭是在籃球場上打球認識的，兩人都是大大咧咧的性格，又都喜歡吃，喜歡運動，於是沒來風花雪月那套，直接就開始交往了。

自從籃球賽的賽程公布之後，小雅就經常在滿月和大雅的耳邊叨念，積極鼓吹她倆加入親友團，幫自家的籃球隊增加人氣。然而，大雅好風雅，對什麼運動都不感興趣，一開始就拒絕小雅，表示有那個時間，不如多敷臉。於是，小雅就把目標轉向滿月這個游離分子。

可滿月的心思都放在遊戲裡，壓根兒沒把這事放在心上，沒想到今天還是被小雅抓來了。

她倆來到體育館時，距離比賽開始還有半小時，館裡卻已經是座無虛席，人聲鼎沸。

A大的籃球隊隊員們早就陸續上場暖身，T大籃球隊的人則還未出現。

小雅拉著滿月徑直往場邊走，剛走近就有個高頭大馬、單眼皮的男生朝她們揮手走來。

滿月見過他幾次，一眼就認出是小雅的男朋友大石頭。

大石頭蓄著三分頭，五官端正，憨厚老實，長得不帥，但笑起來很爽朗很陽光，讓人看著就覺得舒服。

「小雅，妳來啦！」大石頭咧嘴笑著，看起來很高興的模樣。

自從聽到滿月叫她小雅，大石頭便跟著叫了，因為小雅不喜歡別人叫她的名字。文雅、文雅，她怎麼看都跟文雅二字沾不上邊。身邊的人都被她告誡過，愛叫什麼叫什麼，就是絕對不准叫她文雅。

「我帶滿月來了，有留位置給我們吧？」小雅拉過身後的滿月，大石頭這才注意到她，連忙點頭說道：「有有有，我跟隊長報備過了，就在我們後面加兩張椅子，我帶妳們過去！」

籃球隊的隊服是白底繡銀邊，看起來相當清爽，穿在大石頭身上只顯得普通，但滿月看到籃球隊的隊長時卻是眼睛一亮。

「滿月應該不認識，這是我們籃球隊的隊長顏子淵，資工系四年級。」大石頭主動為兩邊介紹，「隊長，她是小雅的同班同學，名字是杜彌月，叫她滿月就可以了。」

顏子淵長得十分俊俏，濃眉大眼，身高目測至少有一七六或一七七公分。身材不壯，但結實沒有贅肉，整個人就像從電視裡走出來的偶像明星，甚至還有著讓小女生著迷的略微憂鬱的氣質。

沒想到這樣的人會是籃球隊的隊長，不過這就可以解釋為什麼觀眾席上有那麼多女生了。除了少數是像小雅這樣真心熱愛運動的之外，她想，大多數應該是衝著帥哥來的。

「學長好。」滿月連忙恭敬地打招呼。

「學妹好。」顏子淵點頭微笑。

殊不知他這一笑，就像是芙蓉初綻，朝陽初昇，極為魅惑人心。

滿月餘光朝左右掃去，果然看到不遠處的一些女生已經三魂七魄丟了一半，瞧那眼睛發直的模樣，只差沒流口水了。

造孽啊！造孽啊！

滿月默默在心裡感嘆。

小雅見滿月無動於衷，沒有像其他女生一樣臉紅心跳，暗叫不會沒戲吧？就把大石頭拉到一旁低語：「你有暗示過顏學長了吧？不是說要把滿月介紹給他嗎？顏學長怎麼說？」

「我跟隊長說了啊，隊長只說知道了，其他什麼也沒說。」大石頭無奈地答道。

「唉，顏學長太搶手了，我們得幫滿月一把才行！滿月雖然不是大美人，好歹也是清新可人的小豆腐，讓給別人太可惜了！」小雅兀自打著自己的如意算盤。

滿月哪裡知道小雅心中的小九九，她坐在籃球隊員板凳後方的親友團專屬席上，看著場內熱身的球員們發呆。

早上她出門前又撥了一通電話給方曉妮，那頭仍是沒開機，難道她還在遊戲裡？

不知道風雨瀟瀟現在怎麼樣了……

滿月正自出神，忽然聽到觀眾席上爆出歡呼聲，籃球場上也起了騷動。

抬眼望去，原來是T大籃球隊隊員進場熱身了。

T大籃球隊的隊服黑底繡金邊，冷漠而高貴，與A大的隊服形成鮮明的對比，侵略感極強。

也是在這時，A大隊員們的氣氛陡然變了，個個表情不像剛才熱身時的輕鬆，也少了談笑，紛紛對魚貫進來的T大隊員報之以「炙熱」的注目禮。

滿月也跟著望過去，T大隊員的平均身高倒是跟A大的差不多，體格也在伯仲之間。

不過，對方比自己這方放鬆，幾乎是各做各的事，看都沒看A大的人一眼，不知道該說是目中無人，還是自信十足。

滿月看向顏子淵，只見他拿著水瓶低頭喝水，沒什麼表情，不像其他隊員那樣關注T大的人，讓她微微側目，不愧是支配者級的人物！

似是察覺她的目光，顏子淵突然轉頭看來，兩人的視線對個正著。

顏子淵對她微微一笑，滿月卻像是被抓包一樣，略微窘迫地別開頭。

可這頭一轉，隨意這麼一瞥，竟在人群中看到了跟自己惦念了一整晚的人極為相似的臉龐。

她猛地站起身，呆呆地看過去。

坐在滿月旁邊的小雅，被她突如其來的舉動嚇了一跳，「滿月，妳幹麼？」

滿月只是愣愣地看著球場另一頭的某個方向，幾秒鐘後，突然抬腳往那方筆直走了過去。

先是穿過A大這方的籃球隊隊員，越過球場中線，最後來到T大籃球隊隊員所在的場邊，在其中一個男生的面前站定。

她對旁人投來的驚訝目光恍若未覺，只是直勾勾地望著他。

那人原本表情淡然地在聽著隊員說話，冷不防看到滿月，眼中訝異之色一閃而過，冰冷的面孔隨即軟和了幾分。

離得遠些的人沒發現這邊的異樣，直到滿月突然伸手抓住那人黑色球衣的衣襬，往上一掀，露出他那古銅色精實的腹肌，才紛紛倒抽一口涼氣看了過來。

場邊突然陷入詭異的寂靜，幾秒之後，觀眾席上開始有人竊竊私語起來。

緊跟而來的小雅也驚呆了。

就在眾人瞠目結舌之時，那人仍是沉默不語，也沒有任何動作，只目光柔得像是可以掐出水似的，深深地凝視著滿月。

滿月仔仔細細地打量了他的腹部好一會兒，然後才夢囈似的喃喃自語：「你……沒事？」

「嗯，我沒事。」那人略微低沉的聲音極富磁性，就像她記憶中的那樣，很能安撫人心。

聽到這句話，滿月緊繃了一整晚的神經突然放鬆下來，這一放鬆，渾身瞬間沒了力氣，下一秒就軟軟地坐到了地上，目光有些茫然。

那人跟著蹲了下來，習慣性的摸了摸她的頭。

周遭T大籃球隊的隊員們，眼睛都瞪得斗大，各個嘴巴張得都快能塞進駝鳥蛋了。他們從沒見過自家老大對女生這麼溫柔，忍不住面面相覷，半响，才你推我我推你，最後推了個老坐冷板凳的敢死隊員出去。

那隊員僵硬地嚥了下口水，腳上猶如灌了鉛，艱難萬分地蠕動到自家老大面前，哆嗦了半天，才結結巴巴地問道：「隊隊隊隊長長，那那那個，她她她……是是……她她她……」

那人只是看著滿月，久久不語，久到敢死隊員以為自己說不定等一下就要被送回老家過新年時，自家老大終於淡淡地開口了：「她是我老婆。」

第六章

記住，我的名字叫做蕭颯

她是我老婆。

這句話說得很清淡，卻像是晴天霹靂，劈得在場的人雲裡霧裡不辨方向，也劈得滿月終於回神。她猛然意識到現在不是在遊戲裡，又想到自己剛才在眾目睽睽之下對風雨瀟瀟做的事，頓時渾身一涼，冷汗直下。

而始作俑者之一的男人，似乎嫌投下的炸彈威力不夠大似的，又傾身到滿月耳邊低語：「風颯颯兮木蕭蕭，思佳人兮徒離憂。」聲音很輕很柔，微熱的氣息拂過滿月頰畔，「滿月，記住了，我的名字叫做……蕭颯。」

風颯颯兮木蕭蕭，思佳人兮徒離憂。

這兩句出自《楚辭．九歌》，但原文是「風颯颯兮木蕭蕭，思公子兮徒離憂」。這是滿月第二天尋了一起上通識課的中文系同學問的，不過，這是後話了。

冷情的人深情起來，果然不是血流成河，就是氾濫成災啊！

滿月那貧乏的大腦容量一時無法消化這一連串的變故，只得懵裡懵懂地點頭，幸好有人比她更傻。小雅震驚過後，呆呆地問了一句：「滿月，妳……他……他是妳老公？」

滿月直覺想否認，卻接收到蕭颯瞥過來的「關愛目光」，心裡顫了一下，支支吾吾又遮遮掩掩地說道：「這個……這麼說也不算、不算錯啦！」

這到底是還不是啊？小雅瞪了眼。

無論是或不是，只要這話是出自蕭颯口中，就沒人敢質疑，至少T大的人深信不疑。

蕭颯在T大可是貨真價實的風雲人物，大四數學系的高材生，但這不是重點，重點是，籃球隊因為有他在，從原本全國大專院校前十六強止步的成績，一躍打入前四強，而且今年奪冠的呼聲非常高。

這對在體育競賽不甚出色，甚至可以說是拙劣的T大而言，不啻是一大鼓舞，等於是又在校譽上鍍了一層金。

除此之外，關於蕭颯的事眾說紛紜。

蕭颯平時冷漠少言，從不提及私事，旁人也很少看他跟誰走得近，因此關於他的事都是風言風語，不過，他曾二度休學，所以他比同年級的學生大兩歲，也因為這樣，在同一輩裡，較其他人更有氣勢也更穩重。

「蕭颯？」隨後而來的顏子淵，對滿月與這個男人的互動視而不見，只是簡單地與他打招呼：「久仰。」

蕭颯看了一眼顏子淵伸出來的手，沒有握住，只點了點頭。

顏子淵笑了笑，收回手，也沒在意。

滿月自覺局促地從地上站起來，有股落荒而逃的衝動，餘光瞥見四周投射而來的視線，從她身上轉移到場中蕭颯與顏子淵這兩大發光體上，便按捺住心裡的窘迫，往小雅身邊挪動了幾步。

「滿月，妳賺到了，兩個絕世好男人為妳打破頭，有沒有感動？」小雅用手肘頂了頂滿月。

滿月的嘴角抽動了一下。

感動？她當然感動，感動得都想痛哭流涕了！

觀眾席上滿坑滿谷的桃花，全都虎視眈眈地等著打破她的頭，她能不感動嗎？真的讓人感到很聳動啊！

再看場邊，雖然同樣卓絕出眾，但顏子淵與蕭颯卻是截然不同的類型。

顏子淵眉眼如畫，白皙俊雅，言談之間有種說不出的優雅韻味，尤其是當臉上露出笑意時，那彷彿含著幾分情意的眼神，幾乎能癱倒一片少女心。

蕭颯則正好與顏子淵的顧盼生姿相反，他冷硬清絕，渾身散發著「生人勿近」的凜冽氣息，特別是那雙幽深如井的黑眸，無意間與其對上，能看得人心裡直發怵。

蕭颯雖面孔俊挺，但太過冷淡，讓人有壓迫感，完全不像顏子淵那樣招人親近。

而且，可能是年齡和體格上的差距，比顏子淵大兩歲又高了幾公分的蕭颯，看起來比顏子淵來得成熟穩重，不過，顏子淵並沒有被蕭颯的氣勢震懾，態度一貫的泰然自若。

黑白對立，壁壘分明，雙方註定一開始就針鋒相對。

鈴聲響起，適時打破這詭異的僵持。

球賽開始前十分鐘，兩邊各自集合整隊，身為A大眾多青苗裡的一根小苗子，滿月即使再想跟蕭颯寒暄敘舊，也知道此時不宜，她可不想被當成「叛徒」，所以很有自覺地低著頭，跟在小雅身後朝自己學校那方走。

回到座位上，滿月忍不住又朝T大籃球隊的場邊看去，看慣了穿古裝的風雨瀟瀟，突然看到穿運動服的蕭颯，感覺很奇特。

雖然是同一個人，但穿古裝的風雨瀟瀟，氣質老成而洗練，有股說不出來的古典詩意。穿運動服的蕭颯，看起來卻多了分清新，也比較年輕飛揚，倒是同樣冷酷就是了。

「滿月，妳發什麼呆啊？」小雅推了推滿月，「剛才大雅打手機跟我說家裡的網路可以連線了，她忘了去繳網路費，早上她去補繳，網路已經恢復，這下妳不用急啦！」

家裡的水電費、瓦斯費等等的公費，一向是大雅負責收齊後繳納。之前是三個人按月輪流去繳，但在歷經小雅忘了繳費而被斷水、滿月遲繳而被斷電的慘痛教訓後，大雅紅顏一怒，乾脆全攬在身上，卻沒想到她也有這麼一天，而且這網路還是斷在緊要關頭。

滿月抿了一下嘴，「已經不急了。」

「不急了？」小雅狐疑地看了看滿月，恍然大悟似的，瞥了眼顏子淵，又望向對面場邊的蕭颯，曖昧地搗嘴偷笑，「我知道我知道，現在這邊比較急嘛！」

「……」

滿月轉頭看向場中，當作沒聽到。

哨音響起，比賽開始。

雙方各就各位，準備跳球。

A大這邊派出的跳球員是小雅的男朋友大石頭。

大石頭雖然是大前鋒，彈跳力卻不輸中鋒，後來顏子淵便經常讓大石頭負責跳球。

小雅這一看，不得了了，當下熱血沸騰，屁股下像是有團火在燒似的，立刻跳起來大喊：

「上啊，大石頭！敢沒抓到球，以後就不讓你上老娘的床！」

她這一喊，原本緊張的氣氛突然崩了，觀眾安靜了三秒鐘，隨即爆出大笑聲。

場中的大石頭頓時滿臉漲得通紅，局促不已，他從沒進過小雅的閨房，還是赤裸裸的稀有清純在室男啊！

滿月嘴角一抽，整張臉直往胸口埋，一隻手還拚命扯小雅的衣角。

大石頭不知道是羞的還是臊的，總而言之，他就像打了雞血似的，猛力一跳，果然被他抓到球。小雅看了，渾身的熱血只差沒倒流衝腦，又蹦起來大叫：「大石頭，上啊！把T大打得叫爸媽，晚上老娘的床就任你爬！」

滿月只覺得接下來的一個小時，她都無顏抬起頭了。

大石頭把球拍給顏子淵，顏子淵一拿到球，立刻閃過兩人，迅速把球帶過半場。兩邊的啦啦隊此時展開了一波又一波的口號呼喊，以及互相唾棄的叫囂。

滿月是個從裡到外、從上到下的運動白痴，大一體育課的投籃測驗，十球沒中半球，連籃框都擦不到邊，對籃球的認識僅止於把球丟進籃框裡。

不過，她看不懂球，並不妨礙她看打球的人。

她的視線由始至終都黏在蕭颯身上，直至看到第二節快結束時，突然看到接到球的蕭颯眼睛一瞇，眼神變了，這時她才發現，竟然有三個A大的隊員在他拿到球的一刻，同時包圍上去。

她扭捏了半晌，終於忍不住轉頭說道：「小雅，我們這邊三個打人家一個，好像有點勝之不武，這樣不太好吧？」

正專注盯著場中激烈戰況的小雅，聽到滿月的話，直接送了一雙華麗麗的白眼給她。

上半場結束前十四秒，Ｔ大對Ａ大的得分是四十六比四十七，雙方廝殺絞纏得很厲害。

Ａ大想以領先的態勢進入下半場比賽，只要守住最後十四秒，就能在心理上壓對方一籌，所以顏子淵劍走偏鋒，和教練商量後，決定冒險封死蕭颯。

身為控球後衛的蕭颯，運球、傳球極為犀利，只要球到了他的手上，他幾乎就有辦法讓隊友得分。

顏子淵研究過蕭颯過去幾場的比賽，知道他上半場根本沒發揮真正的實力，正因為如此，在上半場結束前的關鍵時刻，更要堵死他。

他深信，只要封住蕭颯，不讓他有機會傳球，Ａ大就能在下半場開始時占得先機。

三個高個兒猶如一堵牆圍住蕭颯，蕭颯眼神變得犀利。

他使了個眼色，Ｔ大的大前鋒立即移動過來，而Ａ大三人防得更死，蕭颯動彈不得。

就在這時，場外響起了此起彼落的高呼聲：「五秒！五秒！五秒！五秒！五秒！五秒！」

球員被緊迫防守而持球達五秒鐘不傳、不投、不拍、不滾或不運球時，便是違例。

一旦違例，就失去控球權，改由敵隊在距離違例處最近的邊線外發界外球。

Ｔ大的大前鋒一個閃身，切到蕭颯左側。蕭颯拍了一下球，右手腕轉動，準備把球傳出去，守在他左邊的Ａ大隊員立刻退向Ｔ大大前鋒那方。

蕭颯目光一閃，及時縮手，看準縫隙，帶球突破包圍圈，球送入另一名隊友手中。

顏子淵心頭一凜，高喊：「回防！」

A大的隊員動作很快，幾乎是一眨眼就各就各位，封鎖住T大其他隊員。

最後五秒，蕭颯的隊友沒有出手的機會，又將球傳回給蕭颯。

蕭颯卻沒如眾人預期地往禁區切入，而是突然退到三分線外，然後挺身跳起，在高高的空中後仰投出球。

球朝籃框飛去，劃出了一道平穩的弧線，最後咻的一聲，在沒有碰觸到籃板和籃框的情況下，落入球網的正中央，完美進球。

同時間，哨音響起，上半場比賽結束，T大以四十九分比四十七分領先進入下半場。

T大那方的觀眾席爆出歡呼聲，顏子淵看著正往場邊走回去的蕭颯，表情微凝。

後仰跳投是難度極高的射籃技巧，不只是跳投時機和後仰角度很難拿捏，停留在空中時的平衡和落地稍有不穩，就很容易扭傷腳踝。

在這麼倉促的情況下，蕭颯竟然能穩穩地出手，還投了個空心球，其勢頭之準，讓人咋舌。

而且，從那流暢的投球節奏來看，根本不可能是臨時起意的。

縱觀全國大專院校的各籃球隊裡，能有如此精湛的後仰跳投技術的寥寥無幾，且清一色全是中投，而在三分線外後仰跳投得分的，蕭颯是第一個，也是唯一的一個。

他前幾次比賽都沒露半分端倪，剛才卻來了這麼一手，是給A大的下馬威嗎？

蕭颯……

顏子淵沉沉地看著他。

這邊廂，運動白痴如滿月者，此時也呆傻傻地看著蕭颯。她不懂籃球，也不懂後仰跳投是多困難的技巧，她只知道他最後投球時的身姿很漂亮，有種難以言喻的魅力，讓她移不開視線，心中只有一個念頭：這個男人有上限嗎？

就在這時，口袋中的手機突然震了幾下，悅耳的簡訊提示音傳來。

滿月回過神，掏出手機一看，正是那個失聯了一整晚的小翠，啊，是方曉妮才對！

簡訊上只有短短幾個字：「小姐，快進遊戲，跟終身大事有關！」

終身大事？她愣了一下，按了快速鍵回撥，沒想到那頭還是沒開機。

終身大事？風雨瀟瀟？想到這裡，她下意識向球場另一邊看去，蕭颯正坐椅子上喝茶，不知道在想什麼。

蕭颯人在這裡，遊戲裡就沒風雨瀟瀟，那她的終身大事是怎麼回事啊？

滿月滿心糾結著，有些坐不住。

心裡拔河了大半天，決定還是回家進遊戲看一下，只是她也放不下這邊，想著應該還是跟蕭颯打個招呼比較好。

跟她的終身大事有關，那就表示跟他也有關吧？

中場休息十分鐘，時間充裕，她想了想，為了不再次引起眾人的注意，決定改變戰略，只要不動，應該就不會有人發現，於是她毅然抬起頭，定定地朝蕭颯看去。

心有靈犀似的，蕭颯正好也看了過來。

滿月一高興，眼睛拚命地眨，那秋波送得極為熱烈。

蕭颯愣了一下，有些茫然。

見對方沒有明白自己的暗示，滿月急了，連忙嘴巴一起上，無聲做口形。

沒想到，蕭颯越發迷茫了。

「滿月，妳眼睛抽筋喔？」小雅冒出來踩了一腳。

「……」

別人眨眼睛是送秋波，怎麼到了她這裡卻是抽筋？

滿月沒轍了，想著是不是要請小雅幫忙傳話給蕭颯，正猶豫著，卻發現蕭颯竟然站起身，從場邊穿越球場，筆直朝她走了過來。

她傻了，原本喧騰的體育館也突然安靜下來，眾人不約而同看著從球場這邊走向另一邊的蕭颯，看著蕭颯無視A大籃球隊隊員的錯愕目光，在A大隊員的環繞下，停在坐在A大親友團專屬席次的滿月面前。

蕭颯微微俯身，傾身到滿月面前，有些擔憂地輕聲問道：「妳的眼睛怎麼了？」

滿月此時心裡已經是淚流滿面了，她擠出了一個比哭還難看的笑臉，僵硬地說道：「沒事，只是想跟你說，曉妮……小翠有急事找我，我得先離開……」

蕭颯不太相信地瞅著她，然後……

然後，滿月就在蕭颯狐疑的目光中落荒而逃。

三分鐘後，正要登入遊戲的某人，收到了一則讓他無語的手機簡訊。

「輕塵，幫我查一下，女人眼睛沒進沙卻眨個不停是什麼意思。」

……

……

風雨瀟瀟，本名蕭颯，專長面癱，對女人心的了解程度：幼幼班。

❁ ❁ ❁

滿月不知道蕭颯這個男人有沒有上限，但她可以肯定的是，小翠這個女人的神經之粗，絕對沒有下限。

當她緊趕慢趕地趕回家，匆匆上網登入遊戲，匆匆跑到黑到不行客棧時，小翠正悠悠哉哉地坐著喝茶嗑瓜子，不時還拉著穿梭在各桌之間送水遞餐的小棒槌閒扯淡。

「……小棒槌啊，你以後要是想娶老婆，一定要娶個漂亮又賢慧的，當然不用說要多漂亮，只要比我家小姐漂亮一點點就好，至於賢慧嘛，像我家小姐那樣連紅燒豆腐都做不好，還能嫁得出去，可見賢慧的也不太難找。不過，我家小姐不太聰明，又遲鈍，不知道還有沒有救？」

「滿月才不醜呢！」小棒槌大聲駁道。

滿月聽在耳裡，感動在心裡，咱們不愧是一起捉泥鰍的好兄弟，只是小棒槌的下一句話又把她剛生出來的感動拍到十萬個台灣海峽以外去：「滿月只是不漂亮！」

滿月的眼角還來不及抽搐，就聽小棒槌又繼續說道：「滿月也不笨，她跟我一樣聰明！」

小翠愣了一下，看了小棒槌好一會兒，像是在思索他這句話的真實性，最後重重地點了一下頭，「嗯，小姐跟你一樣聰明！」

聽到小翠這麼說，小棒槌心滿意足地又去跑腿了。

這會兒，滿月已經不只是眼角抽，而是連嘴角也開始抖了。

「小翠……」

背後突然傳來像幽魂般的聲音，小翠嚇了一跳，從椅子上跳起來，轉頭一看，卻見到滿月表情複雜地看著自己，忍不住拍了拍胸口，說道：「小姐，大白天的，妳這樣會嚇死人啊！」說著又埋怨地瞟了她一眼，咕噥道：「小姐本來就不漂亮，裝起鬼來更嚇人呀！」

我沒裝啊……

「妳急著叫我來是有什麼事？」滿月扁嘴坐到小翠對面，拿起茶壺倒茶，卻發現一滴都沒了。一眼掃去，只看到滿桌的瓜子殼。

「對了，這事真的很急，事關小姐的終身大事，我跟小姐好好說一說！」小翠想起什麼似的，連忙正襟危坐，又伸手把小棒槌叫了過來，「小棒槌，再送壺茶和瓜子來，啊，梅花酥和桂花糕也各來一盤！」

「妳早上吃的茶水和瓜子還沒付錢呢，舅舅說結清了才能再送別的來！」小棒槌嘟嘴。

「結什麼結，從我家小姐薪水裡扣就好了呀！」小翠一副理所當然地說道：「我跟我家小姐是一體的，我們從來不分彼此！」

滿月立刻瞪了眼，為什麼要從我的薪水裡扣？

誰跟妳是一體的？誰准妳隨隨便便就把我一體去了？

「小翠……」

「小姐，客套話就不用說了，小翠知道小姐的心意就好，我不會在乎這點小錢的！」

滿月想翻桌，妳不在乎，我在乎啊！

小棒槌咚咚咚的跑走，很快就端了茶水、糕點來。

聞著那甜膩的香氣，滿月憋悶似的左右開弓，大口大口塞了起來。

既然花的是她的血汗錢，她就再吃回去變成血和汗。

「小姐！」小翠驚訝得叫了一聲。

滿月埋頭苦吃，只當作沒聽見。她掏的錢，難道還不准她吃了？

「小姐，妳的臉已經夠圓了，再吃下去，雙下巴都要出來了！」小翠大叫。

滿月狠狠地嗆到了，除了淚流滿面，還是淚流滿面。

於是，她就這麼看著小翠大快朵頤，那滿嘴香甜的模樣，讓她很想捶牆。

悲憤之餘，滿月拿起茶壺倒了一杯又一杯的茶，她就不信了，喝個茶也能雙下巴，「跟我終身大事有關的事是什麼？」

小翠嚥下最後一口桂花糕，抹了下嘴巴，才鄭重其事地說道：「小姐，妳知道遊戲要改版的消息嗎？」

「啊？何時的事？遊戲改版跟我的終身大事有什麼關係？」

「當然有關係！」小翠板起臉，嚴肅地答道：「小姐，妳有救了，妳終於可以不用擔心被姑爺拋棄了！」

我沒擔心過那種事好嗎？

「為什麼改版我就不用擔心被拋棄？」

「小姐，改版之後，遊戲多了一個設定，那就是能調整容貌，妳的臉終於有救了！雖然上調百分之百也不一定會變成大美女，但至少不用當醜女，這個設定簡直就是為小姐而設的，真是可喜可賀，普天同慶啊！」

滿月：「……」她不捶牆，改捶人可以嗎？

想到自己拋下蕭颯和球賽，匆匆忙忙跑回家進遊戲，卻是聽到這麼個消息，她當下就想扮咆哮帝了。

就在這時，傾城公子不知道從哪兒晃了過來。

「真是熱鬧啊，我來得正是時候！」傾城公子自來熟地坐了下來，又喚來了小棒槌，豪氣地說道：「給我來一份你們今日最頂級的套餐！」

小棒槌微愣，然後呆呆地往傾城公子下半身看去，「頂級套餐？」

傾城公子看到小棒槌那懷疑的目光，皺眉說道：「公子我有的是錢，不用擔心，每一盤菜都要最好的！」說著，掏出了一錠金元寶放在桌上。

小棒槌又看了傾城公子一眼，轉身朝廚房的方向大喊：「七號桌要頂級套餐一份。韭菜生蠔羹、五穀活海參、牡蠣拌醉蝦、祕漬鹿茸湯、特製烏魚粥都要最好的，客人說他有錢！」

小棒槌這一通喊，原本笑語喧闐的客棧瞬間靜默了下來，韭菜、生蠔、海參、牡蠣、醉蝦、鹿茸什麼的，一聽就知道是補腎壯陽的菜，於是大廳裡的客人們，有的眼神曖昧地看過來，有的則是尷尬地裝作若無其事。

傾城公子也傻了，他哪裡知道有客棧會把壯陽菜當頂級套餐，又哪裡知道小棒槌會直白地喊出來，一張俊臉憋得通紅。

小翠鄙視地瞥向傾城公子，視線還不時往他腰下飄去。

滿月只是低著頭，捧著杯子猛灌茶。

傾城公子咳了兩聲，隨即放大絕——轉移話題。

「妳們知道遊戲要改版了嗎？」

「早就知道了，我們有那麼傻嗎？這麼重要的事，我第一時間就告訴小姐了！」小翠不客氣地丟去一記輕蔑的白眼。

傾城公子很意外，她以為女人都不關心國家大事，尤其是眼前這兩隻，不由得有些驚訝地問道：「妳們也知道很重要？」

「切，能調整容貌這麼重要的事，我們怎麼可能錯過？」小翠嗤道：「這下你也可以不用擔心姑爺那朵鮮花插在我家小姐這坨牛糞上了！」

傾城公子無語，這是什麼比喻啊？他果然就不該期待跟這兩隻活寶能有正常的交流……

「我不是要說這件事。」

「啊？不然還有比這更重要的事嗎？」

滿月抬起頭，默默地跟著小翠一起看著傾城公子。

傾城公子實在很想說，調整容貌是改版裡最不重要的事，不過，他還是按捺住暴走的衝動，平心靜氣地說道：「這次改版，會開放『九重天』的副本，打贏的玩家可以獲得『武林盟主』的稱號。」

「武林盟主？」滿月撇了下嘴，「老掉牙，好俗氣啊！」

「贏得武林盟主稱號的人，只要達成京都雍城城主指定的特殊條件，就可以得到雍城總稅收的百分之一。」

稅收？就是指以合法掩護非法，剝削廣大人民血汗錢的那個東西？

全九州的稅收，那得是多龐大的數目啊！別說是百分之一，就是百分之零點一都能讓她做夢也笑醒啊！

「武林盟主這稱號好，真是太高級太大氣了！」滿月的眼睛一亮。

「……」

「不過，這跟我們女人家有什麼關係啊？」滿月很快又蔫了，讓她去打九重天，不如讓她直接去閻羅殿泡茶。

「武林盟主不只能得到金錢報酬，還能獲得上古神器，以及未來建城時免繳稅的福利！」

傾城公子耐心地解釋：「最重要的是，為了爭奪武林盟主這個頭銜，九州大陸的四大勢力可能會重新洗牌。有些小勢力早就不耐煩想反撲了，一旦原本維持平和的四大勢力崩塌，那九州到時候可能又是一番亂象，絕對會影響現階段的金流。」

遊戲幣能以一定的比例在官網直接兌換現實生活中的新台幣，這樣的機制，是這個遊戲雖然不如其他遊戲火紅，卻依然能立於不敗之地的主要原因。

傾城公子見滿月和小翠宛如鴨子聽雷，忍不住嘆氣，問道：「妳們知道四大天王吧？」

終於聽到熟悉的詞彙，滿月立刻答道：「當然知道，劉德華、黎明、張學友和郭富城嘛！」

傾城公子目瞪口呆。

小翠鄙視地看了滿月一眼，「小姐，妳太老派了吧，四大天王早就換成周杰倫、林俊傑，還有那誰和誰！妳是哪個世紀末的老太太啊？」

周杰倫不也是上個世紀以前的人嗎？

傾城公子對這對活寶主僕已經無力腹誹了，他直接切入重點：「九州大陸也有四大天王，有玩家用了四句話來形容他們：『東有旭日，西飄雪；南見風雨，北驚雷。』指的就是九州割據四方的霸主，東邊旭日盟的公會長鳳朝陽、西邊趴在牆頭等紅杏的公會長雪落無聲、北邊嗜血狂徒的公會長震天雷，還有就是南邊諸神黃昏……」

「噗！」滿月和小翠不約而同噗哧一聲，小翠更是笑得捧腹拍桌，「趴在牆頭等紅杏？哈哈哈，這什麼公會名啊！」

「那個叫雪落無聲的人，該不會是被女人拋棄，心裡有創傷，所以改行爬牆了吧？」滿月笑完，又振振有辭地說道。

「小姐，妳太嫩了，所謂妻不如妾，妾不如偷，家花哪有路邊的小白花香，男人都是犯賤的啊！」小翠說著，還意有所指地瞄了傾城公子一眼。

傾城公子眼角抖動了一下，心裡狂風暴雨大作。

這是重點嗎這是重點嗎這是重點嗎這是重點嗎這是重點嗎這是重點嗎……

妳們就不會劃重點嗎？

傾城公子深吸一口氣，無視面前那兩隻活寶投來的「有色眼光」，繼續說道：「四大天王裡，除了他們三個，還有就是我們公會的老大，諸神黃昏的公會長風雨瀟瀟。」

「哇，原來姑爺大有來頭！」小翠眼睛閃閃發亮，猛拍滿月的肩膀，「小姐，妳賺到了！」

「沒啦，我就運氣好一點而已。」滿月不好意思地抓了抓頭。

小翠轉向傾城公子，皺眉問道：「喂，你到底想說什麼？直接說重點啊！」

傾城公子又想暴走了，他剛剛說的每一句話都是重點，是誰一直在出戲啊？

傾城公子默默喝了一口茶，按捺住想暴打這兩隻活寶的欲望，決定跳過中間的重點講結論：「官網公布了九重天的初步資料，我們打算和旭日盟提出有條件的合作，聯手攻略九重天，不過……」說到這裡，傾城公子瞄了滿月一眼，「鳳朝陽提出一個條件，那就是要嫂子親自跟他談。」

「啊？」滿月莫名其妙，「為什麼？他認識我嗎？」

「……他只是對老大的老婆好奇而已。」

傾城公子說得很含蓄，他沒說的是，鳳朝陽也下了注，賭風雨瀟瀟結婚前一天新娘會各種悲劇，結果當然是鎩羽而歸，新娘子到現在還是一隻勇猛的小白兔，活蹦亂跳。

他不甘心，就想看看是什麼三頭六臂的女人能跌破眾人的眼鏡。

「這難道就是傳說中的『夫人外交』？」小翠咕噥了句。

滿月對男人們的權力野心沒什麼興趣，也不懂，她的目標一直以來就是當上專業級廚師，開一家人氣滿滿當當的客棧或酒樓，然後每天數錢數到手抽筋，卻沒想到有一天會在遊戲中嫁人，還嫁了個超級名人。

本來沒什麼壓力的她，現在被「夫人外交」四個字一砸，突然覺得自己任重而道遠。

想到風雨瀟瀟對自己的維護，她也不能無情無義，於是兩手握拳，咬牙道：「好，我去！」

傾城公子滿意地點了點頭，雖然過程不如預期，但好歹最後的目的達到了，活寶其實也沒那麼活寶嘛！

「小姐，妳等改版之後再去吧！至少先調整一下容貌，變得比較不醜了再去見人，這也是給姑爺增加點面子！」小翠熱心地建議。

滿月噎了一下，卻還是遲疑地看向傾城公子。

傾城公子：「……」

另一邊，A大的籃球場上，終場結束前十五秒，蕭颯運球閃過三人，一記快傳給切入禁區的隊友。隊友先來了個假動作，避過防守的人，最後長手一伸，勾射投籃，此時哨音響起。終場，T大以八十二比七十九擊敗A大。

雙方整隊行禮，握完手，顏子淵叫住轉身正準備離去的蕭颯：「下次我不會再輸了。」

蕭颯腳步頓了下，沒回頭，也沒應話。

顏子淵沒有輸球的頹喪，還是那副俊俏迷人的風采，也沒理蕭颯有沒有在聽，只是又微微笑了一下，說道：「我們九重天見了，風雨瀟瀟。」

蕭颯再次登入遊戲，已經是七天之後的事了。

一線天的那一戰，他受傷過重，被系統強制七天不准登入遊戲，以致於滿月在球場上見過他之後，兩人隔了六天才又再次見面，而那幾天滿月過得很糾結。

意外在現實生活中與風雨瀟瀟相見，意外得知他的真實身分——其實也才知道人家的名字、人家的學校而已——感覺兩人的關係好像近了一步，卻又什麼都沒改變，這種感覺很微妙。

知道了他的名字，就想知道更多關於他的事，她分不清這是好奇，還是其他的情緒。

傾城公子跟風雨瀟瀟在現實生活中一定認識，可面對傾城公子，她什麼都問不出口，就像對少根筋的小翠無法訴諸於口一樣。

小翠見滿月的臉連著好幾天從小饅頭皺得像大肉包，忍不住拍了拍她的肩，「小姐，妳思春就思春，可別把自己憋壞了！只不過才幾天沒見到姑爺而已，妳就這麼猴急，別人還以為你們倆有什麼不可告人的私情呢！」

這話說得滿月整張臉漲得通紅，一口老血梗在喉嚨裡，想吐又吐不出來，最後只好敷衍了一句：「妳不懂啦！」

原以為小翠會就此打住，沒想到她卻突然說了句讓滿月錯愕的話來：「誰說我不懂，我也有喜歡的人呀，我當然懂！」

滿月愣了一下，「是誰？」

「不告訴妳！」小翠乾脆俐落地應道。

滿月噎住了，瞪著小翠，她卻是一如往常笑得沒心沒肺，怎麼看也不像戀愛中的小女人，但小翠又不像是在說謊，不由得又開始糾結了起來。

晴空
娘子說了算
雲端/著 殘楓/繪
非賣品

晴空
娘子說了算
雲端/著 殘楓/繪
非賣品

「是我認識的人嗎？」

「……」

「是妳最近認識的人嗎？」

「……」

「難道是遊戲裡認識的人？」

「誰說的！」

滿月：「……」果然是遊戲裡認識的人！

不過，小翠不說，她也問不出個所以然來。小翠常在遊戲裡四處晃蕩，結識了不少從某方面來說堪稱「神級」的三教九流人物，會喜歡什麼樣的人還真說不準，再者說，她自己的問題都還沒解決呢，哪有心思去管別人的閒事。

就在前幾天，她終於順利通過職業升級檢定考試，正式成為初級廚師。初級廚師能做的料理有三十種，料理的熟練度會影響美味度，越是熟練，做出來的料理越是可口，而客人的評價則會影響她的經驗值。評價越好，她所獲得的經驗值越多，離達到中級廚師檢定資格越近。

於是，她和大掌櫃談妥了條件，她選十種料理做，放在客棧裡賣，兩人六四分成。

參加中級廚師檢定測驗的其中一項條件是，必須學會《初級廚師祕譜》裡三十種料理中的至少十五種，同時做出來的料理最少要有十種料理各自獲得一百名客人的「美味」評價。

除此之外，還有另一項困難的條件，那就是要學會祕譜裡記載的五種夢幻隱藏料理中的其中一種。所謂的夢幻隱藏料理，做法不難，難在食材的取得。上面的食材有一半以上都是她沒聽過的，而且細究取得的方法，一樣比一樣變態。

她研究了大半天，才選擇其中難度最低的夢幻飲品「麝香貓咖啡」。這飲品是五種夢幻料理中食材最少的，也是她評估後覺得比較有把握完成的。只是她不好容易打聽到其中一項材料「麝香貓的糞便」下落，卻被持有人南市的東施所開的讓渡條件難住。

小翠見不得滿月那趴在桌上像死了爹娘的頹喪模樣，忍不住說道：「小姐，幹麼為了一坨便便就半死不活的？不是還有另外四種料理可以選嗎？真的做了，誰敢喝這種加了便便的咖啡啊！」

「大家都搶著喝啊！妳不知道，這種夢幻咖啡可是有錢也買不到，就算我湊齊食材，做成功的機率也不到一成！」滿月說到這裡，呻吟了幾聲，「再說，其他四種料理需要的食材也都有便便啊！」

「啊？」小翠驚愕，「五種都是夢幻便便料理？」

滿月噎了一下，夢幻便便料理？怎麼聽起來那麼彆扭……

就在這時，一條黑影陡然出現，嚇了滿月和小翠一大跳。

定睛一看，原來是許久不見的，名字很悲催的小三。

小三一出現，就表示風雨瀟瀟或傾城公子有話要傳。

果然，小三雙手捧來一個布包，「嫂子，老大有東西要給妳。」

「蕭……呃，風雨瀟瀟回來了？」滿月喜道。

「老大正在處理公會的事務，晚一點會過來找嫂子。」小三恭敬地答道。

「嗯，我知道了。」滿月打開布包，露出一套鵝黃色的女裝，衣料薄如蟬翼，上面的雲彩霞紋彷彿會流動似的，層層疊疊，繽紛亮麗，讓人驚豔，她不禁有些納罕，「這是給我的？」

「是。」小三想起傾城公子的交代，仔細觀察著滿月臉上的表情，「這是織女用天上的雲霞織成的霓裳羽衣。」

滿月先是微愣，而後像是聯想到什麼似的，眼睛一亮，笑得眉眼彎彎的，「太好了，我正好需要這個，你家老大真是我肚子裡的蛔蟲！」說完，抱著衣服，像一陣風般跑了出去。

「我話還沒說完啊，這是老大用來當作聘禮的補償……」小三呆呆地喃喃自語，半晌才轉頭看向小翠，「嫂子這是……」

「小姐拿衣服去換便便了。」小翠同情地看著小三。

拿有價無市，只能解限定任務才能得到的霓裳羽衣去換……便便？

小三傻眼。

不止小三傻眼，當他趕回嘯鳴山莊回報時，風雨瀟瀟和傾城公子也呆了一下，傾城公子還傻傻地問了一句：「什麼便便這麼金貴？」

當初風雨瀟瀟承諾送寧州長白山的千年人參給滿月當聘禮，他也確實在最後一刻打敗鎮守傳送陣的妖神旱魃，闖過了一線天，卻因為受傷過重，被系統判定瀕危而強制登出遊戲。

送尾刀的人不在，其他幫打的人也無法通過傳送陣，結果功虧一簣。

風雨瀟瀟想起那天滿月低頭看著繡鞋的模樣，便起了想送她衣服的念頭。他想，女人應該都是喜歡這些東西的，於是在傾城公子的建議下——傾城公子對女人家的玩意兒很了解——號令弟兄們，凡是能解完限定任務又得到霓裳羽衣者，便許以萬金。

要得霓裳羽衣，須打敗牛郎和金牛妖，又有被雷劈到的運氣，才有極低的機率取得。霓裳羽衣能增加魅力值，同時附加三成的掉寶機率。

然而，這人人垂涎的寶貝，卻被拿去換便便……

傾城公子瞄了眼風雨瀟瀟微僵的臉龐，想要安慰他，就又問小三道：「嫂子拿到衣服的表情如何？」

「很高興。」小三平板地答道。

傾城公子見風雨瀟瀟有冰山消融的跡象，鬆了口氣，畢竟是他提的建議，想著，繼續追問：「嫂子有說什麼話嗎？」

「嫂子說老大是她肚子裡的蛔蟲。」

冰山再次飄起了漫天大雪……

便便和蛔蟲啊……真是絕配！

傾城公子默默端起茶杯，默默優雅地啜飲著。

風雨瀟瀟只思索了不到一分鐘，就又下令許以重金讓人再去打霓裳羽衣。

傾城公子在心裡搖頭感嘆：又是一個妻奴來著！

解決了這件事，兩人繼續商量關於遊戲改版的事。

這次官方改版的動作很大，許多設定都做了調整，其中讓他們最重視的，自然是九重天的副本。事實上，改版後一個半月，九重天才會正式開放，改版後只先慢慢釋出相關的資訊。

比如目前只知九重天顧名思義分為九層，各層分別有BOSS鎮守，挑完BOSS才能進入下一層。各層BOSS的資料尚未公開，但就眼前官方給出的零碎訊息來看，想憑一己公會的力量攻克到九重天最後一層，基本上是天方夜譚，所以他們才想和鳳朝陽的旭日盟聯盟。

嗜血狂徒公會的公會長震天雷，人如其公會名，凡事好以武力論斷，性格殘暴。趴在牆頭等紅杏的公會長雪落無聲，喜怒無常，正邪不定，凡事憑心情而為。

這兩類人都是風雨瀟瀟不想打交道的，要合作，自然要盡量排除各種不確定的因素，因此，他便選了相比之下較為「正常」的鳳朝陽。

攻克九重天的人，不僅可以獲得武林盟主的頭銜，更重要的是，未來建城時，還能免向朝廷繳納稅賦，這才是眾人瞄準的目標。雍城總稅收的百分之一算什麼，朝廷徵收的稅賦才可觀。

鳳朝陽對九重天也是勢在必得，雙方一拍即合，不過，他要見過還是活跳跳小白兔一隻的滿月才肯點頭。

兩人談了一會兒，傾城公子又撇嘴說道：「王者之風的玉天豪好像還不死心，前天又傳信給我，他聽說我們跟旭日盟接頭，想摻一腳。不過，他不止跟末日傳說暗中來往，據說跟嗜血狂徒的人也有接頭，嗤，這個牆頭草！」

「不用理他，暫時讓人繼續留意王者之風的動向就是了。」風雨瀟瀟淡淡地說道，王者之風雖然自成一派，小有氣候，但他還不放在眼裡。

「那玉天嬌怎麼辦？她昨天又上門來了！」傾城公子攤手。他實在想不明白，以前的老大是人人躲，怎麼現在倒是成了搶手貨？難道滿月小嫂子的磁場這麼強大，幫老大洗白了？

「你這麼在意她？還是……你想娶她？」風雨瀟瀟涼涼地瞥來一眼。

「別，千萬別！」傾城公子連忙擺手，「這種性感尤物本公子無福消受，本公子只愛我家的小鳳仙！回頭我打發她不就得了，你可不要亂點鴛鴦！」他是存了一點點看熱鬧的心態，可沒想要搭上自己。

說到這裡，傾城公子想起什麼似的，突然賊兮兮地一笑，「話說，你上回傳給我的簡訊是怎麼回事啊？哪個女人對你拋媚眼了？」

風雨瀟瀟僵了一下，悶頭不說話，過了大半天才看向傾城公子，看了很久，看得傾城公子頭皮發麻，以為要被爆打時，自家老大才開口說了一個字：「你……」

「啊？」

風雨瀟瀟垂下眼眸，「沒什麼，我出去了。」說完就大步出了議事廳，留下一頭霧水的傾城公子。

風雨瀟瀟一踏進黑到不行客棧，就看見滿月捧著一杯盛著黑褐色液體的謎樣東西，笑咪咪地看著他。看到滿月透著紅暈的包子臉，他的心情不覺也跟著飛揚起來，雖然他還是那張萬年不變的面癱臉。

「工作辛苦了，喏，這是慰勞品！」滿月笑容滿面地遞上熱騰騰的剛出爐的夢幻逸品。

小翠在一旁心虛不已，覺得自家小姐就像是拿著毒蘋果要毒害丈夫的小嬌妻似的，那笑得賊頭賊腦的猥瑣模樣，怎麼看都不安好心。

風雨瀟瀟沒有多想，自然地接過杯子，只瞄一眼就端到唇邊。

良心戰勝了理智，小翠忍不住出聲：「姑爺，那是小姐剛剛『試』做出來的夢幻飲料。」

話語中特別加重了「試」這個字以示提醒。

風雨瀟瀟沒會意過來，只點了一下頭。

小翠不死心，又說道：「姑爺，小姐說那個東西叫做便便咖啡！」

滿月的嘴角抽了下，什麼便便咖啡？明明是「麝香貓咖啡」！

風雨瀟瀟恍然大悟，這就是用霓裳羽衣換來的……便便所做的飲料？

便便……他的表情瞬間凝了一下，但在滿月睜大濕潤潤的眼睛，熱情期盼的注視下，他只滯了那麼三秒，就咕嘟咕嘟地灌下肚。

小翠腦海中頓時又浮現了那句「問世間，情是何物？直教生死相許」。

什麼是真愛？這就是了！

姑爺威武啊！

風雨瀟瀟一喝完，就見兩顆小腦袋瓜不約而同湊到他面前，滿臉熱切地看著他。

他想了想，只說了兩個字：「還行。」

滿月有些失望，但是立刻又振作起來，只要多做幾次，熟練度夠了，自然就好喝了。

小翠卻是鬆了一口氣，安慰滿月道：「小姐，妳可以放心了，姑爺還好好的，便便咖啡沒有毒死人！」

滿月：「……」

風雨瀟瀟：「……」

接下來，風雨瀟瀟又毫無怨言地試吃了滿月試做的幾種料理，讓小翠頻頻感慨，「姑爺」能做到這樣，天上地下僅此一個了。

待滿月心滿意足地試做到一個段落，做出了幾個滿意的成品之後，才笑著說道：「今天暫時先這樣，我的材料沒了，等補齊了再繼續。」

風雨瀟瀟點了點頭，問道：「妳接下來有空嗎？」

「有啊，今天沒排班，不用打工，咱們做什麼好？」滿月期待地看著風雨瀟瀟。

「解夫妻任務。」

夫妻任務的NPC玉兔在月老祠，於是他們兩人舊地重遊，再次來到天外天。

「你就是玉兔？」滿月驚訝地看著當初她和風雨瀟瀟來這裡結緣時，指引她倆叩拜月老的清秀小僮，原來他就是玉兔。

玉兔還是一如既往的面無表情，沒理會滿月，語調沒有起伏地吟道：「結髮為夫妻，恩愛兩不疑；姻緣七世定，果報無絕期。」吟罷，手掌於虛空中一翻，兩張紅紙赫然浮現，卻是記錄兩人八字的紙箋。

玉兔又說道：「郎君羊刃重重，娘子天赦成局，以此為據，且斷緣法。」

玉兔的話音一落，兩個捲軸分別落到滿月和風雨瀟瀟手中。

「二位的緣法自在其中。」玉兔見兩人有些茫然，顯然是沒有看過官網的說明，便又解釋道：「夫妻任務分為三個模式，一是『相敬如賓』，二是『相濡以沫』，三是『相愛相殺』，依八字和合而論定。」

滿月和風雨瀟瀟對視了一眼，各自打開捲軸，就見上面寫著相同的四個大字：相愛相殺。

滿月瞪眼，菩薩呀，運氣要不要這麼背？

這是哪來的神展開啊？

第七章
月老有云，自古虐戀出CP

「預祝二位有個難以忘懷的好夢！」

玉兔的話一說完，就見捲軸飄出一顆又一顆大小不一，宛如氣泡的七彩光球，覆住滿月和風雨瀟瀟周身，接下來兩人的身體在燦然彩光之中慢慢變淡，直到消失不見。

玉兔手掌合起，捲軸再次消失於虛空中。

就在這時，一白髮老者突然出現在玉兔身後，笑嘻嘻地說道：「兔兔還是老樣子，這麼不近人情啊！」說著，勾住玉兔的脖子，「下班後有沒有空？請你吃個飯！」

這老者不是別人，正是月下老人。只是此時他沒有在別人面前的慈暉嚴顏，動作也不遲緩，反而像個行動俐落的年輕人，還有些痞痞的語態。人前人後的表現，反差極大。

玉兔也沒有在別人面前時對他的恭敬，沒有玩家在，他懶得裝模作樣，便一把推開月下老人的手，冷淡地說道：「少動手動腳，再有下次，我就跟老闆投訴你職場騷擾。」

「哎呀，我就是想跟你敦倫敦倫同事情誼，兔兔真是太不可愛了！」月下老人故作埋怨。

「我可不可愛干你屁事！」玉兔冷嗤了聲，轉身如流霞般消失了蹤影。

「喂，我開玩笑的，你是全天下最可愛的兔兔，等等我呀！」月下老人朝他消失的方向喊了句，跟著也像霧氣似的消失無蹤。

月老祠裡再度回歸了平靜，靜得像是沒人來過，像是什麼事都沒有發生過。

而滿月，正在做一個很長很長的夢，那個夢境很悲傷，她還記得夢裡的痛彷彿有溫度似的，緊緊纏繞著她的咽喉，扼住她的呼吸，讓她喘不過氣來。

她掙扎著想醒來，卻落入更深的夢魘之中。

【系統隱藏提示：夫妻任務〈相愛相殺模式〉開啟，劇情完成度：0％】

那天傍晚，燃燒著京都雍城鎮國大將軍府邸的漫天大火，就如同天邊層層堆疊的雲霞，火紅得刺得人眼睛生疼。寬闊的將軍府各處院落充斥著呼喝聲、哭叫聲，每個人都慌亂無措地奔跑著，像在逃難一般。

也真的是在逃難。

朝廷的禁衛軍包圍了將軍府，野心勃勃的藩王打著清君側的名義，與丞相勾結，裡應外合，弒君篡位。據說，年幼的小皇帝已經死在同父異母的兄長手中；據說，新登基的皇帝以鎮國大將軍杜樂生與敵國私通之名，勒令執掌二十萬大軍的杜樂生即刻交出虎符，並誅其九族。

杜樂生長年征戰在外，根本不在將軍府中，新皇擺明是要挾杜氏老弱，以令遠在西北沙場的杜將軍乖乖歸來，並交出兵權。

或許是殺伐之氣過重，杜樂生子息克乏，直到近五十高齡，杜夫人才先後生下一雙兒女，可在誕下幼子時，杜夫人便因難產過世，此後，杜老將軍再無所出。

杜樂生一生忠君愛國，經年累月征戰邊疆，與親人聚少離多，臨老卻被冠上通敵叛國的罪名，清譽蒙塵，子孫蒙冤。天理昭彰，報應安在？

她站在自己的房門前，冷眼看著下人們哭喊著四處逃竄，嘴角逸出一絲嘲諷的笑意。

「姊姊……姊姊……」軟糯的叫喚聲在身後響起，一個肥短的小小身影搖搖晃晃地撲來，抱住她的小腿。

她轉身蹲下，伸手抱起三歲不到的弟弟，原本冷漠的表情不再，而是換上了寵溺的微笑，「別怕，姊姊在這裡，沒事的，姊姊會保護你。」

她無視屋外的狼藉，笑著親了親弟弟粉嫩嫩的小臉蛋，隨後看著弟弟的貼身丫鬟翡翠，淡淡地問道：「東西可都收拾好了？」

「聽小姐的話，珠寶首飾全都換成了銀票，衣服也準備好了。」翡翠恭謹地答道。

翡翠是家生子，略懂武藝，自杜夫人過世後，她便點了翡翠貼身照顧弟弟的生活起居。

府裡的人她信不過，自從杜夫人過世之後，杜將軍又經年不在府中，下人們早就心思渙散，府邸的這場大火，定是有內鬼與外人相通而起的，否則怎會那麼剛好，大火才起，禁衛軍就及時趕到，重重包圍將軍府？

她不知道翡翠是否可信，但眼下她別無選擇。

於是，主僕三人循著只有杜樂生知道的通往京郊的祕道倉皇出逃。

萬幸的是，沒有人發現。

從祕道中出來，眼前是一片蕭瑟的枯林。翡翠帶頭，她抱著弟弟跟在後面。兜兜轉轉，好不容易出了林子，來到離官道不遠處的幽徑。

「小姐，我們往哪兒去？」翡翠問道。

她抱著累得睡著的弟弟攏了攏，看向京城的方向，恍惚中依稀還能看見那灼燒天際的漫天大火。她靜靜地凝視了好一會兒，才喃喃自語般的說道：「去西北，我們去西北找父親……」

【系統隱藏提示：夫妻任務〈相愛相殺模式〉進行中，劇情完成度：9％】

皇權更迭，京城大亂，各地的勢力也蠢蠢欲動。主僕三人雖然順利逃了出來，卻在往西北的途中遇見匪賊，幸而一名手持長槍的黑衣俠士適時挺身而出，三人才安然逃生。

她幾番思量，決定讓翡翠出面與其交涉，雇他護送三人前往西北。

這男人雖長得英俊出眾，但沉默寡言，眼裡還透著冷酷的肅殺之氣。

她知道他絕對不是什麼善男信女，可她現在需要的便是這樣的煞星，能遇神殺神，遇佛殺佛，而他確實也是如此，連著斬殺了幾波想劫財劫色的馬賊、土匪，其身手之俐落，甚至讓她有些咋舌。

不過，一行人行進的速度並沒有因此變快，反而越來越緩慢。

越往西北行去，道路越是艱險難走，莫說碎石路連著幾次顛壞了馬車車軸，就是天氣也越見冰冷，似乎才沒走幾天，天空就開始飄起了雪花。

這天，他們又遇見了一夥劫匪，人數頗多，兩廂衝突，最後劫匪雖然落荒敗逃，但他們這邊也沒落得好。黑衣俠士身上中了幾刀，渾身血漬斑斑，但仍面不改色，匆匆護送幾個人到最近的小城鎮找大夫找客棧安置下來。

翡翠也掛了彩，再加上天氣嚴寒，她不得不暫時放棄趕路的念頭，在這個不知名的小鎮先安頓一段時間。誰知才短短幾天，翡翠和黑衣俠士的傷還沒痊癒，她那年幼的弟弟竟又發起高燒來。

也許是連日奔波的疲累所致，這燒來得極為凶險。

她衣不解帶，夜夜守在床邊，待幼弟過了危險期時，她已經瘦了一大圈。

翡翠在鎮上打聽，最後租了鎮外的一處三合院，一行人便搬出客棧，住了進去。

幾人元氣大傷，短時間內是無法再趕路了。

這天晚上，她好不容易哄睡了哭鬧的幼弟，見翡翠在正堂中縫補大家的衣服，想了想，便到淨房取了大夥兒換下來的髒衣服到不遠處的河邊清洗。

十多年來，她是十指不沾陽春水的千金大小姐，可過去一個多月以來，她不敢說手藝及得上一般寒門婦人，但現在至少也已經基本能上手了，簡單的炊煮、灑掃等等都難不倒她。只靠翡翠一人，根本做不來這麼多家務。

她拎著沉甸甸的木桶才跨出院門，突然手上一輕，木桶被人提了過去。

黑衣俠士接過木桶，逕自朝河邊走去。

她默默地跟在後面，來到河邊後，他放下木桶，轉身尋了旁邊一棵大樹坐下，背抵著樹幹，長槍擱在一旁，開始閉目養神起來。

就著稀微的月光，她低頭搓揉著衣服，劈啪的洗滌聲，在謐靜的夜幕下格外清晰。

誰都沒有說話，這幾天來一直是這樣，只要她踏出院門，他便寸步不離地跟著。最初她有些不自在，後來就慢慢習慣了，直到現在，她甚至覺得有他在，她就很安心。

這念頭才剛閃過腦海，心裡陡然大驚。

一路行來，她時刻告誡自己不能相信任何人，是從什麼時候開始，她竟鬆懈了心防呢？

想到這裡，她下意識往那男人的方向看過去，他依然閉著雙眼，可她知道他沒有睡著，從他那繃著的面容就可以知道，這男人的警覺性極強。也正因為這樣，他們一行人才能歷經艱險來到這裡，或許她不該對他如此防備……

她無聲嘆了口氣，轉回身繼續洗剩下的衣服，卻不知在她轉身的當口，他睜開了眼睛，一雙如子夜般深邃的黑眸幽幽地瞅著她，眼底有讓人揣度不出的情緒。

過不多時，她洗完衣服，他又主動接過木桶，往院子走去，來到晾曬衣服的地方後，放下木桶，就朝離院門最近的廂房走去。搬到這個院子的時候，他就選了這房間，方便守門。

就在這時，她忽然出聲叫住他。

他停下腳步，但沒轉過身，也沒應聲，仍是背對著她。

「你……叫什麼名字？」

她終究問出了口。

他沒回答，沉默了許久，久到她想放棄時，他開了口，卻只吐出了兩個字，然後大步離去，消失在黑夜之中。

蕭颯。

【系統隱藏提示：夫妻任務〈相愛相殺模式〉進行中，劇情完成度：32％】

她在六歲時養了一隻小貓，當時她為牠取了名字，天天和牠膩在一起，晚上睡覺也抱著牠，據小丫鬟說，她連做夢都叫著小貓的名字。

有一天，小貓不見了，她哭得很傷心，叫了好幾天牠的名字，牠還是沒回來。

杜夫人為了轉移愛女的注意力，又讓人找了隻貓來，可這次她沒有為牠取名，只小貓小貓地喚著牠。又有一天，小貓又不見了，不過這次她再沒有如前一次那般傷心難過。

因為不知道名字，所以沒有感情。

可是，她知道了他的名字。

接下來幾天，她沒有再與他說過話。

那晚的事，就像從未發生過。

翡翠開始往鎮上跑，除了採買日常用品，也順便暗中打探杜將軍的消息。這裡離杜將軍所在的西北已經不遠，她想，也許能探聽到消息。過了半個月，翡翠終於帶回來一點端倪。

有個曾跟隨杜將軍部隊行軍，後因斷了一條腿而除役的士兵回鄉探親，來到了這個鎮上。

翡翠悄悄跟了他好久，確認他不是京城派來的奸細後，才找機會與他搭上話，又故作隨意地聊起邊境苦寒，聊起戍守邊關的將士等等，最後無意間得知杜將軍仍在西北，並未被遠在京城的篡位皇帝的十二道金牌召回。

得知父親尚在人間，她鬆了一口氣。

她讓翡翠繼續在鎮上走動，希望能找到傳話給父親的方法。

這天晚上，那個男人一如往常又跟著她來到河邊洗衣服。

從那天過後，她倆未曾再說過一句話，可這次他卻主動示警：「小心翡翠。」

她突然很想笑，一個不該相信的人竟然告訴她要小心一個應該相信的人，可她笑不出來，因為她早就不知道該相信誰了。

幾天前，她便發現翡翠的行跡有些可疑，回來的時間一天比一天晚，甚至還背著她出門。

她沒有因為他的警告就有所動作，也沒有因此而質疑翡翠，仍是讓翡翠在鎮上打聽消息，只是後來幾天，她發現藏在牆壁夾縫中的銀票少了。面額不多，她沒有在意，也沒有驚動任何人，只作不知。

男人默默地看著，她沒指示，他就不會打草驚蛇。

直到這天，她倉皇地來敲他的房門，啞著聲音說道：「翡翠……翡翠帶走我弟弟了，幫我……我想去找他們……」

第一次，一百多個日子以來，他似乎是第一次在她眼中看到隱隱約約的淚光。

他以為這個女人不會哭，他以為這個女人沒有眼淚。

然後，她第一次叫了他的名字：「蕭颯，你會騙我嗎？」

【系統隱藏提示：夫妻任務〈相愛相殺模式〉進行中，劇情完成度：56％】

她和蕭颯一路追著翡翠的行跡來到某個梅花盛綻的幽谷，才斷了線索。她的弟弟很喜歡吃一種米黃色顆粒狀的零嘴，他們便是循著這零嘴而來的，她想定是弟弟路上嘴饞，邊吃邊掉。

她走了幾步，站在其中一棵梅樹下，抬頭看著被不時襲來的冷風打落枝頭的梅花紛揚飄墜。

她記得從前在將軍府裡，自己的庭院中也有幾棵梅樹，可明明同樣是梅樹，為什麼她卻覺得眼前的跟將軍府裡的不一樣？

將軍府裡的白梅，是漾著晶瑩亮麗的粉白，而這裡的梅花，卻是透著孤寒單薄的蒼白。

蒼白得如同她眼中慢慢被消蝕掉的熱情。

蕭颯在她身後幾步佇候著，沒有催促她，只是沉沉地看著她略顯清瘦的側臉。

良久，她才緩緩說道：「蕭颯。」

「嗯。」

「蕭颯。」

「嗯。」

「蕭颯，聽說丞相有個養子，從未進過京城，一直在暗中幫他做事……幫他殺人，消滅那些與他作對的勢力，同時還幫他培植了不少殺人機器。有一次，父親回京城，我偷聽到了他和大臣們的談話，他們說，這個男人沒有心，不除他，咱們大元朝終有一天會敗於丞相之手。」

她說到這裡，突然沒了聲音，幾片花瓣落在她的髮際、眉間、唇畔和身上，襯得她眼中流露出的氣息更為茫然。

過了一會兒，她又說道：「蕭颯，我真的很喜歡將軍府。這一生中，我最快樂的日子，就是在將軍府裡，我一直以為這輩子都不會離開那裡。父親曾說要為我找個上門女婿，免得他的寶貝女兒被野男人欺負……」

蕭颯靜靜地聆聽著，靜靜地看著她緬懷的表情透出了一絲悲悒。

接著，他又聽到她說：「翡翠是我安排她帶著我弟弟逃走的。」

「我知道。」

「我知道你知道，只是，我想說給你聽。」她默了一下，又喚道：「蕭颯。」

「嗯。」

「蕭颯，他們都說你沒有心，你有嗎？」

「……」

她終於轉身面對蕭颯，無視他身後不遠處出現的一隊持劍黑衣人，只是平靜地看著他，問道：「告訴我，你們處心積慮地接近我是為了什麼？」

「……虎符。」

又是一陣涼風吹來，吹得她凌亂的鬢髮獵獵飄動。

不知道為什麼，今年的冬天好像特別冷……

【系統隱藏提示：夫妻任務〈相愛相殺模式〉進行中，劇情完成度：69％】

在逃出京城的那一刻，她就知道，此行有去無回。

就像在知道他名字的那一刻起，她就知道，自己註定活不過這個冬天。

這是她最後一次賞梅了嗎？

為什麼以前從來不覺得梅花單薄得讓人如此心痛？

母親，我錯了。

不是因為有名字，才有感情，而是因為有了感情，才想用名字去呼喚。

「蕭颯。」

「嗯。」

「蕭颯。」

「嗯。」

「蕭颯，能答應我一件事嗎？」

「嗯。」

「蕭颯，別讓旁人動手，你來。」

「……」

蕭颯深深地凝視著她，沒有動作，也沒有應聲。

兩人就這麼在花雨紛飛的雪地裡靜靜看著彼此，近在咫尺，卻宛如隔著千山萬水。

他真想就這樣一直看著她，看著她的剛毅決絕，看著她的清冷慧黠。

看著她寵溺幼弟時，不經意流露出的柔軟笑意；看著她即使是在機關算盡時，仍能從容閒談的優雅。

他不知道自己有沒有心，但他知道，也許自己已經對這個女人動了情。

因為愛，所以不得不殺她。

養父曾經告誡過他，一旦他動心，將是自我毀滅的開始。

作為殺人機器，是不能有弱點的，而作為一個出色的殺人機器，更要扼殺所有成為他弱點的一切可能要件，包括她。

可是，他沒有動作，只是默默地注視著她。

「少主？」黑衣人的首領刀疤臉湊近蕭颯身邊低聲催促。

蕭颯恍若未聞，仍是定定地看著她。

「少主……」刀疤臉皺眉，又喚了一聲。

蕭颯冷冷地瞥了他一眼，那沁寒的目光讓刀疤臉心中一驚，又低頭退了回去。

見狀，她突然對他甜甜一笑——這似乎是她第一次對他笑，或許，也會是最後一次——他深深地凝睇著，彷彿是想將這笑容烙印在靈魂中，刻畫在記憶裡。

「我不會把虎符交給你們的。」她說。

「我知道。」他說。

她又笑了，可那笑，卻像是飽含著淚光。

她一步一步地走近他，他沒有後退，看著她向自己走來，看著她踮起腳尖，在他耳畔輕輕柔柔地說道：「蕭颯，我的名字叫做，杜彌月。」

一縷清香縈繞在他的鼻翼，幾許溫暖氣息拂過他的耳際。

月兒。他在心底喚了聲。

她的雙手環上他的頸項，他仍是不動，四目相交，眼波流轉，她堅定地一字一頓地說道：「蕭颯，記住我的名字。」

「嗯。」

她放下搭在他頸後的手，傾身向前，頭抵著他的胸膛，兩眼沒有焦距地看著地上，喃喃地細聲道：「記住了就好……至少，最後我還是贏了……」

贏了你的心。

然後，她的身體慢慢地滑落，胸口赫然插著一把匕首，緩緩滲出的鮮血染紅了她的衣衫，在雪地上流渲出幾抹殷紅。碎裂的血花像飄墜的白梅，只是那蒼白已然不再……

蕭颯喉頭一窒。

「為什麼？」

「殺不了你，我只好殺了殺不了你的自己。」

【系統隱藏提示：夫妻任務〈相愛相殺模式〉進行中，劇情完成度：79％】

白雪蒼茫的荒野，一隊黑騎如流星般急速前行，像在追趕什麼似的，馬蹄迅疾。

為首之人，一手持長槍，一手勒韁繩，目若鷹鷙，渾身散發著陰冷的凜冽殺氣，視線牢牢地定在前方不遠處策馬奔逃的女人身上。

翡翠大吃一驚，她以為小姐能拖住他們，沒想到對方那麼快就追上來了。

蕭颯用力把長槍一擲，射中馬腿，翡翠抱著小男孩摔下了馬。

蕭颯翻身下馬，走到翡翠面前，居高臨下地看著她，冷冷地問道：「皇帝派妳來的？」

既然被識破，翡翠索性也不裝了，把小男孩放在地上，拍了拍灰塵站起身，倨傲地說道：「你為丞相，我為陛下，咱們雖各為其主，但目的相同。如今也不用再裝模作樣，虎符在這小子身上，陛下要用他令杜樂生回京城就範，你且護送我們回去吧！」

「誰說我們目的相同？」蕭颯冷笑。

「你——」翡翠才說了一個字，蕭颯突然長槍一抖，槍刃貫穿她的身體。

翡翠不敢置信地瞪著他，劇痛襲來，她顫著聲音控訴道：「你……背叛陛下……」

蕭颯沒應答，而是傾身到她面前，淡淡地說道：「欺騙她的人都該死。」

翡翠吐血倒地，小男孩驚恐地看著蕭颯。

蕭颯蹲下身，像是在跟大人說話般，與他平視，「她……你姊姊不能來了，我會送你到你父親身邊。」

聽到姊姊二字，小男孩睜大眼睛，軟軟糯糯地抽噎道：「姊姊……嗚嗚，我要找姊姊……姊姊在哪裡？」

她在等我。

蕭颯默然抱起小男孩，取出長槍的包巾，將小男孩綁在自己的背上，然後轉身面對刀疤臉及其後面的數十騎黑衣人。

這些人是他親手訓練出來的，與他無貳的殺人機器，而現在，他要親手毀了他們。

刀疤臉錯愕地看著蕭颯，「少主？」

「我要帶走孩子。」

「少主，丞相他……」

「……」

刀疤臉心頭一凜，丞相曾經說過，一旦蕭颯動了情，格殺勿論。

【系統隱藏提示：夫妻任務〈相愛相殺模式〉進行中，劇情完成度：85％】

她覺得自己好像做了一個很長很長的夢，她夢見自己回到了京城的鎮國大將軍府，和弟弟在院子裡的梅樹下嬉戲。父親和母親在一旁品茗私語，間或微笑地看著姊弟倆。

夢境很甜，她掙扎著不願醒來……

『等我。』

男人的聲音像一彎清淺，流淌過她的心湖，盪起圈圈漣漪。

覆著眼簾的長翹羽睫顫了顫，她緩緩睜開眼睛，只覺得身體有千斤重，手指剛一動，胸口就傳來強烈的刺痛，痛得她又緊緊閉上眼睛，過了好一會兒，才勉強吸了一口氣，張開雙眼。

她正躺在一棵梅樹下，枝椏上的幾株梅花被風吹得失了根，飄落到她的身上。

她想起來了，蕭颯把她抱到這裡，臨去前，對她說了句：「等我。」

沉重的疲倦感再度湧了上來，她感到越來越冷，不知道是身冷，還是心冷。

離開京城不過一百多個日子，卻彷彿過了一輩子那麼久。

她累了，她知道自己再也走不到西北，見不到心心念念的父親那張總是對她微笑的臉。

這樣也好，她終於能好好睡上一覺，母親總笑她矮，要她多睡，說是多睡才能長高。

她想，等她這次睡醒，應該就能再長高一點點了……

『等我。』

她含笑閉上眼睛，幾近無聲地呢喃道：「蕭颯，怎麼辦，我好像等不到你了……蕭颯，有一句話，我來不及告訴你，其實……蕭颯……」

一陣又一陣的寒風陡然颳起，不知何時，天空開始飄起了綿綿密密的雪花，一片、兩片、三片……打在梅枝上，落在她的臉上、頸上、胸上、腳上，最後慢慢覆蓋全身……

……

……

漫天大雪不知下了多久，梅花林已經渲染成了一片銀白景象，仍是沒有消停的跡象。

就在這時，忽然有個細小的黑點由遠及近，慢慢地移動過來。

速度極緩，極緩。

月兒，等我。

蕭颯拚著最後一絲清明，憑著僅存的意念，一吋一吋，可謂是半爬半拖地挪動著殘破不堪的身體，朝梅花林的方向緩緩爬來，而身後還有留有迤邐的血跡……

血水已經模糊他的眼睛，他只能依稀辨認附近風物的輪廓，待遠遠看到梅花林時，他忽然有了力氣，猛然從地上爬起，拖著廢掉的一條腿，用極快的速度往這方行來，可當他來到一棵梅樹前時，忽地停住。

他跪了下來，眼前一片漆黑。

眼睛廢了。

他還是沒能撐到見她最後一面，他本來還想，至少能再看看她甜甜的笑。

她可能不知道，她笑起來時，嘴角有個小小的可愛酒渦；她可能不知道，她笑起來時，他的心會有點痛。

他本來還想，摸摸她那如蘋果般紅潤的臉蛋，那是他唯一一次想觸碰另一個人……

『蕭颯，聽說丞相有個養子，從未進過京城，一直在暗中幫他做事……幫他殺人，消滅那些與他作對的勢力，同時還幫他培植了不少殺人機器……蕭颯，他們都說你沒有心，你有嗎？』

他喜歡聽她喚他的名字，他從來不知道他的名字叫起來可以那麼好聽。

蕭颯不勝情，孤鴻三兩聲。

所以，養父叫他蕭颯。

他還沒學會吃飯的時候，就開始學習如何殺人；他還沒學會哭泣的時候，就開始學習如何冷酷；他還沒學會微笑的時候，就開始學習如何絕情。

而當他學會殺人、學會冷酷、學會絕情時，他已經忘了什麼是心，遑論動心。

那天，他收到了養父的飛鴿傳書，信箋上只有五個字：殺了杜彌月。

當時，他並不知道自己會為了這個女人遠走千里，也不知道會與這個女人有如此深的牽扯。

世上只有兩種人知道他的名字，一是養父，二是死人。

當他告訴她自己的名字那一刻起，就註定了兩人萬劫不復的結局。

『殺不了你，我只好殺了殺不了你的自己。』

殺不了她，他只好殺了殺不了她的自己。

早知如此絆人心，何如當初莫相識。

這樣也好。

這樣也好。

他慢慢趴了下來，身體貼著冰冷的雪地，只覺得心臟的溫度一點一點地在抽離。

二十多年來，他第一次感覺到冷……

【系統隱藏提示：夫妻任務〈相愛相殺模式〉進行中，劇情完成度：98％】

『蕭颯，你會騙我嗎？』

『我從來沒騙過人。』

『那好，我就當你答應了。』

『……』

『蕭颯，別讓旁人動手，你來。』

『……』

『蕭颯，記住我的名字。』

『嗯。』

『蕭颯。』

『嗯。』

『蕭颯。』

『嗯。』

……

……

蕭颯，有一句話，我來不及告訴你，其實——

我心悅你！

……

……

我知道。

月兒，我知道。

……
……

【系統隱藏提示：夫妻任務〈相愛相殺模式〉進行中，劇情完成度：100%】

【系統隱藏提示：夫妻任務〈相愛相殺模式〉關閉】

天外天月老祠後方的某個廂房裡，滿月慢慢睜開眼睛，兩眼無神地盯著天花板。

良久才吐了一口長氣，坐起身，咕噥了一句：「相愛相殺什麼的，最討厭了！」

滿月沒談過戀愛，她不知道那是什麼感覺，但就在剛才，沒跟男人牽過手的她，覺得自己好像莫名其妙就經歷了一次很讓人傷神的刻骨銘心戀情。

跟被一般小說中男女主角的纏綿悱惻感動到落淚的心情不同，這次是貨真價實的心痛。

回想起來，胸臆間還有種悶悶的疼。

不過，她覺得自己和夢裡的杜彌月不一樣，具體說不出來哪裡不一樣，但是她知道一定還能有其他選擇，至少她絕對不會走到那樣悲涼的結局。

她的臉皺起如小籠包，夢境中的一幕幕在腦海裡劃過，眼珠子骨碌轉了轉，突然覺得虧很大，她好像沒牽到他的手，沒牽過手算是有談戀愛嗎？

這算什麼夫妻任務，劇本是哪根蔥寫的，好歹讓她和他牽一下手再蒙主寵召啊！

「妳在想什麼？」

「牽手！」滿月脫口而出。

剛從廂房另一邊榻上醒來的風雨瀟瀟，起身就看到坐在床上的滿月一臉糾結的模樣，那圓潤如包子般的臉頰，紅撲撲的，與夢中的她那種病態的蒼白不同，讓他心裡的陰霾一掃而空。

夢裡的他，是他，卻又不是他。他不是那種拖泥帶水的性格，也不做沒有把握的事，一旦動心，便會快刀斬亂麻，斬斷一切阻礙在兩人之間的各種可能性，哪怕逆天。

他不是個寄望來世的人，握住的手，絕對不可能會放開。

滿月乍然對上風雨瀟瀟那雙深幽的黑眸，先是微愣，明明沒過多久，卻莫名有一種恍如隔世的感覺，而後再見他那與夢中不盡相同的氣質，原先的熟悉感才慢慢回來，不由得鬆了一口氣，自然而然地說道：「我記得夢裡好像沒有牽手……」

她那有些遺憾的語氣讓風雨瀟瀟困惑，滿月忙又不好意思地解釋道：「我就覺得沒牽手不像夫妻，雖然他們不像我們一樣有成親啦！」

的頭。

這話有語病，她倆雖然有成親，但也沒牽手，不過風雨瀟瀟只是嘴角微揚，摸了摸她的頭。

滿月正想下床，突然在床沿摸到一個硬物，拿起來一看，卻是個銅製的虎形物件，大小約是手掌可包覆，而老虎則是作趴伏狀，四腿曲臥，長尾上捲。

仔細看，還能看到虎身上有一行銘文：「兵甲之符，凡興士被甲用兵五十人以上，必會君符，乃敢行之。」

【系統隱藏提示：玩家〈滿月〉獲得一枚虎符，使用方式不明】

「這是什麼？」滿月愣愣地問道。

風雨瀟瀟眼睛微瞇，拿過來細細打量，發現虎身另一側還有一行小字：「右才乾元，左才九重。」看到這行小字，他立刻聯想到九重天。循古義，這個「才」字應當通「在」，而「乾元」意指大元朝，那麼「九重」必定是指九重天。

這是一枚限定在九重天使用的虎符。

風雨瀟瀟把虎符遞回給滿月，「這是虎符，先留著吧，在九重天可能會用到。」

虎符？滿月立刻聯想到夫妻任務那個夢境裡提到的虎符，所以這個是解夫妻任務得到的道具？

反正東西很小，擱著也不占道具包，而且傾城公子提過九重天，很多人對那個副本虎視眈眈，雖然副本跟她這個新手廚娘無關，但既然風雨瀟瀟用得到，她就先收著。

滿月見風雨瀟瀟一說到九重天就開始有些心不在焉，不由得拍了拍他的手臂，提醒道：「我們回去吧。」

風雨瀟瀟像是還在想著什麼事，只應了聲，就下意識牽起滿月的手，往廂房外走去。

滿月瞬間傻眼，他們……牽手了？

這又是哪來的神展開？

你要不要牽得這麼自然？好歹先打聲招呼啊！

發現滿月有些呆滯，風雨瀟瀟關心地問道：「怎麼了？」

「手……」

「手？妳的手怎麼了？」

她回過神，低下頭，眼角餘光偷偷往自己被他握住的小手瞥去，感覺硬硬的、暖暖的，感覺……還不錯。

反覆品味了一下，滿月就在心裡念叨起來：我們本來就是夫妻，牽個手怎麼了，有什麼好大驚小怪的！

她正給自己找理由，風雨瀟瀟已經敏感地察覺她的視線，這才發現剛才太過沉浸在自己的思緒裡，竟然不自覺就去牽滿月的手，正想著會不會嚇到對方，就見滿月眉眼笑得彎彎地說道：「沒事，老公牽老婆的手很正常嘛！」

風雨瀟瀟聞言，原本想放開的手不由自主緊緊攥住，也跟著微笑，「娘子說的是。」

於是，大手牽小手，兩人相偕走出廂房，離開了月老祠。

廂房忽然出現兩道白光，月下老人和玉兔陡然憑空現身。

月下老人看著風雨瀟瀟和滿月離去的背影，嘖嘖感嘆道：「果然是自古虐戀出 CP 啊，年輕真是好！」

玉兔白了月下老人一眼，那眼神好像是在說「你以為自己有多老」。

月下老人心有靈犀似的，攬住玉兔的腰，笑咪咪地說道：「兔兔，咱們倆也不能落伍，不如也來虐戀一把如何？」

玉兔的回應是狠狠地用手肘擊向月下老人的腰，月下老人連忙鬆開手往後退去，大叫道：「哎呀，兔兔真是毒辣啊，竟然想害我腎虧，你就不怕毀了自己下半身的『性福』嗎？」

玉兔沒搭理月下老人調笑的葷話，逕自往前堂的月老祠走去。

月下老人追了上去，不怕死地又上前勾住玉兔的脖子，一邊走一邊閒扯淡般的說道：「話說，剛才那是第二枚送出去的虎符了吧？大豐收啊，原本還擔心沒人開到『相愛相殺模式』，現在倒是不用擔心了！」

「剛剛送出的是第一枚。」玉兔淡淡地應道。

月下老人一愣，「怎麼會?上個月那對夫妻……」

「上個月那對夫妻，劇情只進行到一半，老婆就捅了老公一刀，沒捅死人，結果反而被老公捅死了。」

也就是說，任務失敗。

「……」

* * *

小翠不知道自古虐戀是不是能出CP，可是當她看到風雨瀟瀟牽著滿月的手歸來時，眼珠子簡直快瞪出來了，等到風雨瀟瀟前腳踏出客棧，小翠立刻後腳湊近滿月，小聲問道：「小姐，姑爺是不是有什麼把柄落到妳手中？」

「妳的腦子就不能裝點別的東西嗎？」滿月翻了個白眼。

小翠大吃一驚，「小、小姐，難道妳怕自己嫁不出去，只能一輩子在家當老處女，說不定還會變成少年痴呆，所以不顧姑爺的意願和掙扎，擔心過了這村就沒這店，就對他霸王硬上弓，把他這顆生米煮成熟飯了嗎？」

滿月：「……」妳還能再具體一點嗎？

然後，滿月忽然想起什麼似的，板起臉，中指屈起，敲了小翠的腦袋一下。

「小姐，妳幹麼突然打人？」小翠捂著頭，扁嘴抗議。

「誰叫妳的名字跟她一樣都有個『翠』字！」滿月板著臉說道：「叫小綠、小青都好，最差也能叫小草，沒事叫什麼小翠？雖然妳們長得不像，但誰知道妳會不會騙我，壞人都是奸在心裡的！要不然，以後改叫妳小紅？」

「我才不會騙小姐，小翠從來都是實話實說，肯定奸在臉上！」小翠理直氣壯地駁道：「像小姐這樣沒財又沒色的，我絕對不騙！而且小紅是怡春院的花魁馮寶貝的丫鬟，我才不要跟她一樣的名字，小姐又不是花魁，小姐跟馮寶貝就是一個地上和一個天上的差別！」

滿月的嘴角抽了兩下，妳不如奸在心裡好了！

懶得再理小翠，滿月轉身搗鼓她的夢幻料理去了，只是想起夫妻任務的事時會忍不住嘆氣，可再想到風雨瀟瀟牽她的手時，又會忍不住傻笑，看得一旁的小翠連連搖頭：怎麼去解個夫妻任務回來，人就變傻了？雖然小姐本來就傻。

小翠好奇地問道：「小姐，你們的夫妻任務是不是解失敗了？」不然怎麼不正常了？

「誰說的！」滿月又板起臉，瞄了小翠一眼，「這種事是如人飲水，冷暖自知，妳自己也去找個男人成親就知道了！」

小翠的臉垮了下來，頹然坐到桌邊，一手托著下巴，開始嘆起氣來。

滿月第一次看到小翠這樣，眼皮跳了一下，小翠難道是失戀了嗎？

「小翠，妳……妳該不會是被那個男人拋棄了吧？」滿月小心翼翼地探問。

小翠又嘆了一口氣，「小姐，妳說說，這是不是很沒天理？像小姐這樣長得很平凡，身材也很平板，腦子不聰明，平常更是傻裡傻氣，關鍵時刻又老是掉漆的女人，姑爺那樣英明神武的人，怎麼就眼睛抽筋，腦子抽風，放著一堆別的好女人不要，偏偏看上了妳？可像我這樣要臉蛋有臉蛋，要胸部有胸部的，為什麼就還是單身貴族呢？難道是因為我沒有像小姐那樣厚臉皮，我比較有羞恥心，所以『他』才沒發現我的心意？」

滿月：「……」世上還是有天理的，沒天理的是妳的腦子！

「唉，我知道了，破鍋自有爛鍋蓋，好吃的都是要留到最後！」小翠感慨地總結。

滿月堅信，就算小翠有一天失戀了，世界末日也不能阻擋她像小強一樣凶猛地活著。

兩人正瞎扯淡，小棒槌蹦蹦跳跳地跑了進來，「滿月滿月，舅舅讓我拿這個來給妳！」

滿月接過一看，原來是每兩個月舉辦一次的選美比賽〈西子捧心賽貂蟬〉的報名表。

遊戲裡每個月會辦各項競賽，贏得前三名的玩家不僅能獲得貴重不一的獎勵，還能為公會增添榮譽值。榮譽值越高的公會，可以得到系統配發的報酬，以及在解某些限定任務時得到不同的優待。

「大掌櫃搞錯了吧？這怎麼可能是給小姐的？」小翠瞪眼，「我家小姐什麼比賽都有可能參加，就是不可能參加選美比賽，這是眾所皆知的事啊！比老公還可以找小姐，比長相，這不是羞辱小姐嗎？」

滿月：「……」喂喂喂！

小棒槌有些茫然，湊到滿月面前看了一下，才「啊」的叫出聲：「我拿錯了，這是給明月姊姊的，給滿月的不是這個！」

小翠鬆了一口氣，「這才對嘛，明月和滿月雖然只差一個字，但可是差了十萬個太平洋，我還以為大掌櫃跟姑爺一樣都撞邪了才看上我家小姐呢！」

滿月：「……」原來這才是妳的真心話嗎？

小棒槌拿了另一份報名表遞過來，滿月一看，卻是〈五湖四海鬥食神〉的報名表，這是限定具有廚師資格的玩家才能參加的比賽。

「舅舅說要滿月跟大廚哥哥、二廚哥哥一起組隊報名打團體賽。」小棒槌如實地轉達大掌櫃的話，「舅舅說，滿月只要會做便便咖啡就可以了，其他料理交給大廚哥哥和二廚哥哥。」

明明就是麝香貓咖啡！

滿月扁了扁嘴，說道：「便便用完了，沒辦法再做了！一件霓裳羽衣只能換三坨便便，一坨便便可以做五杯咖啡，我的熟練度太低，兩坨便便做壞了，剩下一坨也用掉了，最後做成功的兩杯放在客棧裡賣，已經沒有多的便便可以做了！」

「去錢大娘的衣鋪買霓裳羽衣就好了啊！」小棒槌想了想說道。

「那件衣服買不到的，錢大娘說那個要打怪才有！」滿月沮喪地答道。

「那就去打怪啊！」小棒槌又說。

滿月默了三秒，隨即霍然站起身，雙手握拳，氣勢洶洶地說道：「好，我去打怪！」

「啊？」小翠瞠目結舌，「小姐，妳的腦子被驢踢傻啦？妳是廚師耶！」

「那妳幫我打，妳不是練盜賊的嗎？」

「請姑爺幫忙就好了啊，姑爺一定隨便打兩下就有很多衣服了！」

「我不想靠他，我跟他結婚又不是為了這個，我也不想讓人覺得他娶了個沒用的老婆。」

「小姐，妳……」小翠感動得說不出話來。

「不用說了，我知道妳以前錯看我了。」滿月突然覺得這麼說的自己挺帥氣的。

「小姐，我是想說，妳的腦子真的被驢踢了，終於開竅了，知道姑爺有多麼委屈，娶了個多沒用的老婆！」

她不能期望黃牛牽到北京就能變成鬥牛，就像不能期望小翠那張嘴能把她誇出朵花來。

滿月懶得再跟小翠抬槓，決定先去天河畔探探牛郎和金牛妖的狀況，再決定要不要推小翠出去擋，可她沒想到的是，才剛來到天河畔，就見到黑壓壓的一群人正打得不可開交。

滿月遠遠地觀望了半天，直到那堆人腦袋都快打成豬腦袋了，她還是沒找到適合的地方站。

「這些男人真是太閒了，放著正事不做，竟然為了件女人的衣服打成這樣，真是太難看了！」滿月皺眉搖頭。

「小姐，那邊有個土坳，我們去那裡躲著！」小翠說完，不由分說，拉著滿月就往離打群架的人頗近的一個凹地跑去。

兩人才剛在土坳裡蹲下，就見旁邊竟然還躲了個小子。

兩廂面面相覷，接著，就開始嗑起牙來。

原來打群架的主要有兩派人馬，再加上一些游離分子，而這小子是其中一派的人，職業是刺客，名字叫做「不要打我頭」。他是跟著自家人來的，想說能撿個尾刀什麼的，沒想到打到一半，突然殺出另一派人馬。

在不要打我頭的長吁短嘆中，滿月才知道，不要打我頭他們那方是衝著自家公會長許下的重金，才拚著人腦袋打成豬腦袋也要擊斃金牛妖拿到霓裳羽衣，而這公會長竟然是為了個女人才如此興師動眾。

滿月忍不住搖頭，「紅顏禍水，簡直是紅顏禍水啊！這跟唐明皇為博楊貴妃一笑，累死一堆人一堆馬從南邊送荔枝到長安有什麼兩樣？你們還是勸勸你家公會長，千萬別為了一個女人失了兄弟們的心，不值得啊！」

不要打我頭愣了愣，然後搔搔頭，說道：「其實沒那麼嚴重啦，我家公會長不是那種不知分寸的人，他本事大，弟兄們都很信服他！再說，他也沒強迫我們，我們是心甘情願的，我家公會長只是立個名頭讓弟兄們有錢賺而已！」

「聽起來你家公會長是好人，就是那個女人不太好，還是快點換掉吧，天涯何處無芳草……對了，那你們又是為什麼會跟另一個公會的人打起來？」

「哦，那些人是因為公會長下令要搶衣服，所以才會跟我們打起來。聽說他們的公會長是為了拿霓裳羽衣跟一個女人求愛，才會要全公會的人來搶衣服。」不要打我頭一邊說，一邊觀望不遠處正打得難分難解的戰況。

「又是為了女人！」滿月皺了皺鼻子。

「她可不是普通的女人唷！」不要打我頭突然來了興致，八卦起來，「聽說她是上一屆美女排行榜的第一名，很有可能會繼續蟬聯這次選美比賽的冠軍！」

「女人又不是只看長相……」滿月酸酸地咕噥了句，又道：「那你家公會長又是為了什麼來頭的美女勞動你們啊？」

「這……我才剛加入公會幾天，還沒見過老大的老婆，不過，聽兄弟們說，嫂子沒什麼名氣，長得好像是屬於可愛型的。」不要打我頭努力回想著。

「可愛啊……真可憐，通常是長得不漂亮的女人，才會得到『可愛』的評價。」滿月很同情地說道。

「其實她也不算沒有名氣啦，因為我們老大的關係，嫂子現在可是紅透半邊天，街頭小巷不時可以聽到有人談論她呢！」不要打我頭又補充道。

「是哦，那我應該也聽過才對，她叫什麼名字啊？」滿月好奇地問道。

「我們嫂子的名字很普通，我記得是叫……」不要打我頭想了好一會兒，突然一拍手掌，

「對了，叫做滿月！」

滿月：「……」

第八章
生人勿近，我家小姐發情了

滿月出生的那天，正好一輪皎潔的圓月當空，她的母親就想把新生的小女兒取名叫做滿月。可是，滿月的爺爺覺得滿月這個名字太俗氣，所以大手一揮，以彌月取而代之，滿月就變成了小名。

滿月這個名字雖然直白，但勝在琅琅上口，親人、朋友叫順口了，便幾乎都叫她的小名。不過，直白歸直白，現在卻被一個叫做「不要打我頭」的，名字比她更直白的人說自己的名字普通，她嘔血的心都有了。

不要打我頭沒發現滿月異樣的表情，兀自叨叨絮絮了一會兒，才問道：「對了，聊了那麼久，我還不知道妳的名字。」

「……我姓杜，叫我小月就好了。」滿月一臉認真地答道，另外又介紹小翠：「她是小翠，翠玉白菜的翠，我們是朋友。」

「度小月和大白菜？」

滿月的嘴角抖動了一下。

「小月和小翠也是來搶霓裳羽衣的？」

滿月看了看不遠處人腦袋打成了豬腦袋，連腦漿都快打出來，卻還沒有消停跡象的戰況，立刻堅定地說道：「我們是來湊熱鬧的！」

小翠鄙夷地瞥了自家小姐一眼，用鼻子哼了兩聲。

「就妳們這兩個小身板也只能圍觀了。」不要打我頭很是理解地點點頭，突然想到什麼似的，眼睛一亮，「對了，相逢自是有緣，我們在這裡看那些小老百姓多沒意思，妳們想不想瞻仰一下我家老大的風采？我家老大啊，外表那是沒話說，一身高超的武藝更是讓人無話可說，簡直是十全十美，三百六十度無死角！雖然娶了一個不知哪裡冒出來的女人，不過這也算不上汙點，頂多就是有一點小小小小的缺陷罷了！幸好，我家老大玉樹臨風，風度翩翩，可以掩蓋這小小小小的髒點。當然，如果以後能換個老婆就更完美了……」說著說著，遺憾地搖了搖頭。

小翠聽得心有戚戚焉，也跟著搖頭嘆氣。

滿月：「……」你到底想說什麼？

「哦，抱歉抱歉，不小心離題了！」不要打我頭拍了拍自己的頭，「我要說的重點是，我家老大啊，那就是人見人愛花見花開，馬子見了也要踩……呸呸呸，我是說，能當我家老大的老婆，一定是上輩子投胎前給了閻羅王什麼好處，不然就是老天爺嫉妒我家老大，這輩子才配給他這麼個平凡的女人……」

滿月：「……」這人根本是風雨瀟瀟的腦殘粉……

「沒想到你這個人看起來不靠譜，說起話來卻那麼實在，真是人不可貌相啊！」小翠煞有介事地感嘆。

一句話秒殺兩個人！

原來網遊真的可以發現人性，比如小翠那自然而然流露出來的媲美肉食動物的凶殘本性……

不要打我頭嘴巴開開合合個沒完沒了，眼角餘光不經意一掃，嘴裡還含著沒噴出去的口水，就連忙朝著滿月漸行漸遠的背影大叫：「喂，妳要去哪裡？我話還沒說完呢，妳怎麼就走了？喂，度小月，等等我呀……」

相較於天河畔這邊人腦袋打成豬腦袋的慘況，此時中央大陸東南方薰風草原上萬頭攢動的盛況，更令圍觀的玩家血脈賁張。

遊戲中常會定期或不定期舉辦各項競賽，比如選美、烹飪等等的賽事，其中參賽人數最多，也最受玩家青睞的是，每個月一次的武術擂臺賽〈群英逐鹿戰乾坤〉。

武術冠軍可獲得武狀元稱號，該稱號僅保留一個月，下個月新科武狀元產生時便易主。

擁有武狀元稱號的好處是，攻略各副本時BOSS的攻擊力自動削弱兩成。不過，這不是吸引高手參賽的主因，真正讓玩家打破頭也要搶著做武狀元的是「聖潔之心」的礦石。「聖潔之心」是打造史詩級武器的精煉材料。

遊戲中的武器依強化程度，分成未強化過的普通，以及強化後的精良、卓越、無瑕、神聖等五個等級，而在神聖級別之上的是史詩。史詩級武器是有錢也不一定能買到的，須用「聖潔之心」的礦石才能煉製，而且煉製成功的初始機率僅一成，隨著煉製熟練度的增加而慢慢提高，成功煉製的上限機率是三成。

這也就是為什麼即使一堆人的腦袋被打成豬腦袋了，還是要擠破頭參賽。

不過，並不是報名就能夠參加，系統會根據所有報名者的綜合武力值總合計算出平均值，而高於平均值的前五十名玩家才有資格參賽。

每個月的武術擂臺賽都是高手雲集，而今天晚上更是萬人空巷。

自從官方釋出即將開放「九重天」副本的消息以來，各路大神就開始摩拳擦掌，不是積極打怪練功，就是尋找稀有材料強化裝備。說到裝備，最重要的當然是武器。

於是，官方發布改版公告之後所遇到的第一次武術大賽，可謂是精銳盡出，幾尊大神都到場了，參賽者的水準比過往高出甚多。

薰風草原此刻一如既往地設置了五個大型木架高臺，觀賽的玩家卻是較之前的每一次比賽都來得多，而且是數倍之多，其中有不少人是來圍觀大神的。

這幾尊神自身就有強大的武力值，不一定會為了獎品而親自參賽，所以很多玩家對於大神們的名號，常常都是只聞其名不見其人的。這次也不知是怎麼傳出的消息，據說平時王不見王的四大巨頭，玩家美稱的「四大天王」竟然都到齊了。

東有旭日，西飄雪；南見風雨，北驚雷。

旭日盟的公會長鳳朝陽、趴在牆頭等紅杏的公會長雪落無聲、諸神黃昏的公會長風雨瀟瀟及嗜血狂徒的公會長震天雷。精英榜前十名的王者一出，今晚的武術擂臺，幾乎成為遊戲正式營運以來出現的最頂尖的對決。

比賽分成五區，十人為一區，分別於第一至第五擂臺同時開戰。兩人一組對戰，每區各有五組，各組抽籤按籤序上臺比試。五大擂臺最終獲勝的五人方進入總決賽，總決賽於中央擂臺進行，同樣是抽籤分組比試。

風雨瀟瀟被分發到第二擂臺，而且是第一組上臺的。

為了節省時間，賽前主考官並不會逐一唱名，而是由各區的監考官分別將參賽者帶開，並於開戰前才叫號上臺，所以參賽者無法事先得知自己的對手是誰。

風雨瀟瀟解開包覆長槍的黑布上的紅線，手腕輕輕一抖，黑布落地，露出慣用的紅纓梨花槍。他的視線落在槍刃寒銳的鋒芒上，手緩緩撫過槍身，眸光微沉，不知在思索著什麼。

對於對面看起來年紀比自己大不了多少的持劍男子所投射而來的打量目光，視若無睹。

男子眉頭微皺，拱手朗聲說道：「在下嗜血狂徒的韋七笑，閣下是……」

中氣十足，隱隱還透著幾分高傲，在在顯示這個男人對自己極有自信。

風雨瀟瀟手一頓，劍士榜前十名的韋七笑，嗜血狂徒的二把手，其武力值僅次於公會長震天雷。剛上來就遇上這麼一個不好惹的硬碴子，該說他運氣太好，還是太不好呢？

「風雨瀟瀟。」風雨瀟瀟神色冷淡，點頭應道。

韋七笑眼睛瞇了一下，看了看風雨瀟瀟手上的長槍，突然笑了，「我早就想會會我們公會長震天雷也忌憚的梨花槍了，今天就叫我見識見識你的槍法是不是像大家說的那樣讓人斷腸，可別令我失望了，風雨瀟瀟！」

風雨瀟瀟沒說話，瞥了一眼韋七笑手中的長劍。

堅銳鋒利，剛柔並寓；青光熠燿，削銅如泥。七星龍淵，遊戲中劍士們追崇的至寶之劍，據刃無名所說的，他還得再解五個困難級別的任務，才能收集完煉製七星龍淵的材料。

他的紅纓梨花槍並不是戰將所屬的武器中最上等的，而是用得最順手的，搆得上前十名，卻排不上前三名，現在卻要對上劍士所屬的武器中至少是前三名的寶劍……

武器比不上人家，那就比武技。

在他尋思之間，韋七笑已經大喝一聲，右足朝地一點，凌空躍起，劍氣如虹，朝風雨瀟瀟面門擊刺而來。劍勢凌厲，風雨瀟瀟堪堪避過，韋七笑又一招嫦娥拜月，直攻他下盤。

風雨瀟瀟橫槍格擋，韋七笑身法迅捷，劍招硬生生一變，先是一招圍魏救趙虛晃一招，再又清風拂柳，斜削風雨瀟瀟肩頭。風雨瀟瀟避之不及，轉眼肩上就被劃了一道血口。

劍士講究的是身形迅疾，劍法輕靈，韋七笑短短數招，就將劍士的優勢發揮得淋漓盡致。而戰將訴求的是一個穩字，與其他職業對戰，常常都是到中段才能迸發威力。搶占不到先機，倒也能不久處下風，尤其又是像風雨瀟瀟這樣的高手，即使一時被牽制，也是不焦不躁。

當然，這也跟風雨瀟瀟性子本就沉穩有關。

不過，皇帝不急，卻是急壞了旁邊觀戲的太監。

臺下的傾城公子看到風雨瀟瀟連連受挫，也不管旁邊拉著他的刃無名，跳起來就朝臺上大叫：「老大，你倒是反擊啊！這種小老鼠，你動動手指就能把他灰飛煙滅，不要再浪費時間了！」全然沒了他平時的從容優雅。

也是，生死關頭，誰還跟你之乎者也。

刃無名眉宇擰得跟山頭一樣，嘴角抽了幾抽，最後仍是沒有開口。

他自己也是劍士，只看那麼幾眼，就能看出韋七笑的厲害之處。這人確確實實在自己之上，不管是速度，還是劍術，哪能像傾城公子說得那麼容易就滅了？

韋七笑聽到傾城公子的話，只冷笑一下，對風雨瀟瀟的攻勢越發狠絕。

他參加武術大賽並不是為了武狀元的頭銜，也不是為了人人爭搶的聖潔之心，而是聽說四大天王的其他三人也會參賽，他才報名。為的是伺機打敗三人，一舉成名天下知。

幸運的是，他一上來就對上了風雨瀟瀟。

比起鳳朝陽，比起雪落無聲，讓自家公會長最忌憚的風雨瀟瀟，才是他最想擊敗的人。

風雨瀟瀟對周遭的喧鬧充耳不聞，對傾城公子的跳腳更是視而不見。

他剛往後退，避過韋七笑斜劈而來的一劍，韋七笑已劍勢反轉，在他尚未站定時再攻他下盤。他隨即長槍朝地一拄，藉力矮身從韋七笑腋下竄過，來到他背後。

韋七笑被風雨瀟瀟動作之迅速驚到，以為他下一秒就要發難時，卻聽他莫名其妙撂了一句：「震天雷沒來？」

韋七笑愣了一下，反射性的答道：「沒有。」

風雨瀟瀟沒再說話，卻是一改原先的見招拆招，不再一味閃避，開始反擊起來。

其他四個擂臺的第一組比試已經結束，準備進入第二組比試，只剩第二擂臺上的他們還在過招。不過，與前半段的纏鬥不同，眼下的情勢忽然轉變，就見長槍銳氣盡數迸射，招招進發，一反先前被壓制的狀態。

長劍勝在輕盈，卻輸在力道，時間一長，就落入下乘。

韋七笑不再像先前那樣遊刃有餘，面色漸漸凝重起來。剛剛躲過長槍追截，風雨瀟瀟已是一招龍翔九天，隨即點、撥、扎、刺、纏、拿，使開槍法。就見長槍疾如閃電，快似流風，槍花紛飛，讓人目不暇給。

韋七笑招式已老，來不及一一避開，腳下忽然一個踉蹌，長槍已如毒蛇般追堵而至，直指他的要害。

眾人驚呼，千鈞一髮之際，風雨瀟瀟及時收勢，槍尖僅離韋七笑胸口不到吋餘。

「承讓。」風雨瀟瀟收回長槍，微微點頭，淡然說道。

韋七笑哼了一聲，從地上站起來，拍了拍身上的灰塵，瞄了風雨瀟瀟一眼，頭也不回地走下擂臺。

風雨瀟瀟正想跟著步下臺階，忽然像是聽到什麼聲音似的，身形一頓，站在高臺上，朝遠處的人群看去。視線緩緩掃過黑壓壓的人頭，好像在找什麼人。

「老大，你發什麼呆啊？」傾城公子看著走神的風雨瀟瀟，忍不住問道。

風雨瀟瀟回過神，走下臺，來到傾城公子和刃無名的身邊，遲疑了一下，仍是說道：「我好像聽到滿月的聲音了。」

傾城公子頓了下，噗哧笑道：「老大呀老大，你對嫂子還真是情根深種啊！這滿坑滿谷鬧烘烘的，我在臺下喊了半天你都沒聽到，偏偏聽見那個不知道在哪裡的嫂子的聲音，老大呀，看來你這相思病病入膏肓了！」

風雨瀟瀟睨了傾城公子一眼，沒應聲。

「我說老大啊，既然你那麼想嫂子，怎麼不告訴她你要參加比賽？多一個人來吶喊助陣也好啊！」傾城公子說著，搭著風雨瀟瀟的肩膀，曖昧地低聲說道：「老大，你該不會是害羞吧？還是怕在嫂子面前敗陣失了威風，擔心她會嫌棄你？」

風雨瀟瀟懶得理會傾城公子的調侃，拍開他的手，轉頭問向刃無名：「鳳朝陽來了嗎？」

刃無名自一線天打賭失敗後，就按照約定加入諸神黃昏。平時還是獨來獨往做任務，幹他賞金獵人的老本行，偶爾才聽風雨瀟瀟調遣，跟著隊伍下副本。他沒報名這次的武術大賽，只是跟著風雨瀟瀟來觀摩，當然，也是衝著震天雷、雪落無聲等人而來。

「沒有，聽旭日盟的人說……」刃無名皺眉嘖了一聲才說道：「聽說他在『銀鉤坊』。」

銀鉤坊，雍城最大的賭坊。

風雨瀟瀟默然。

鳳朝陽這人一點都不好色，偏偏貪財。

更正確地說是，嗜賭。

他著迷於賭博贏得賭注時的快感。賭金多寡是其次，重要的是，能不能享受到輸贏的刺激。也因為他經常流連於賭坊之間，所以據說練得一身高超的賭技，吃遍九州大大小小的賭坊。

風雨瀟瀟看向傾城公子，傾城公子攤手，「別問了，雪落無聲也沒現身，他根本就沒報名，也不知是哪裡傳出的謠言。」

風雨瀟瀟參加比賽，並不是一定要贏得聖潔之心，主要是想在九重天副本開放前會一會雪落無聲和震天雷，探探對方的深淺。他想著，有他和鳳朝陽在，總有一人能與另外兩人對上。

回想起剛才和韋七笑對戰時的情景，不由得面色微沉。韋七笑的確很強，比他過去應付過的高手都強上幾分，他為了震懾韋七笑，才在改變攻勢的當下絕招盡出，務求速戰速決，讓對手莫辨虛實，營造高深莫測的假象。

幸好他成功了，也幸好一擊得中！

震天雷自是在韋七笑之上，就不知高出多少……

風雨瀟瀟在這邊思量著，渾然不覺圍觀人潮的外圍，有個白衣少年正遙遙地朝他看來。

白衣少年個頭不高，容貌青澀，看起來僅約十來歲。令人詫異的是，他的五官異常精緻，長得極為漂亮。若是不論性別，十有八九會被歸在紅顏禍水之流。

他正迎風站在薰風草原的一處土丘上，白瑩瑩的衣袂獵獵飄動，映襯得那副絕豔的容光讓人難以逼視。幾個路過的玩家雖然被他的麗色吸引，卻不敢冒然上前搭訕，因為他的身周圍繞著十來個殺氣騰騰、高頭大馬的青衣男子，頗有將白衣少年隔絕保護的意味。

識相的玩家自然是紛紛走避，不過，不識相的人也是有的。

比如那個全人類都阻止不了的人間凶器——小翠。

滿月和小翠跟著不要打我頭一行三人往薰風草原的方向走，卻沒想到才剛進入薰風草原，就被人山人海的景象驚到了。在推推擠擠之際，不要打我頭很快就被人流沖散，幸好小翠緊緊黏著自家小姐，兩人才沒走散。

小翠拉著滿月的手腕，勇猛地穿梭在人群的縫隙間，可惜她再勇猛，也是小身板一枚，擠了大半天，還是在外圍晃盪。

就在這時，她的眼角餘光一瞟，發現外圍有個凸起的小山丘，雖然距離擂臺很遠，但至少地勢稍高，可以遠眺。

於是，小翠精神大振，拽著滿月，氣勢洶洶，一邊撥開擋道的人，一邊朝著小土丘奔來。殺紅眼的小翠，很快就來到幾個青衣男子跟前，見到前方一排人牆，反射性的手一揮，卻發現對方紋絲不動，還個個凶神惡煞似的盯著她。

小翠如果會被他們一豎眉一瞪眼就嚇退，那她便不是小翠了。

就見小翠雙手插腰，下巴一抬，連珠炮般的叨嘮起來：「你們擋在這裡做什麼，這是你們誰家的地嗎？上面有貼你們的名字嗎？怎麼只許你們在這裡拉屎，就不許別人來這裡放屁？我們可是奉公守法的標準好國民，跟你們一樣享有同等的權利義務，別以為你們長得比較大隻，占的地就可以比較大！保護國土人人有責，你們後面還有那麼大塊空地，讓我們兩個小女子伸伸腿還不行嗎？快點讓開，不然我可要叫了！」

小翠的話音剛落，就見青衣男子們臉色變得跟他們身上的衣服一樣鐵青，她立即尖聲哭嚷起來：「來人啊，有人要欺負良家婦女呀！大家都來評評理，他們幾個大男人欺負我們兩個肩不能挑手不能提的弱女子，天理何在啊？爹啊娘啊，你們為什麼要去得那麼早啊，放下我們姊妹倆被人欺壓，你們怎麼忍心啊……姊姊，妳不要攔我，就讓妹妹死了吧，我就是見了閻王也要跟他理論，為什麼上天要這麼對我們……你們這些殺千刀的，有種就一劍刺死我們兩個，不然我做鬼也要纏著你們……」

青衣男子們先是被小翠沒頭沒腦地念了一頓，現在又被她潑婦罵街般噴得狗血淋頭，原本鐵青的臉，慢慢變得難堪起來。他們根本動也沒動過一根手指頭，卻被一個小女生當眾臭罵，好像他們做了什麼罪大惡極的事一樣，尤其這些人最忌諱對女人動手，哪裡受得了被這樣汙衊？不由得一個個僵硬起來。

青衣男子們無奈地看向白衣少年，白衣少年哪裡見過這麼無賴的行徑，一時間也目瞪口呆。

滿月看見一眾男人被小翠突如其來的發作驚得呆愣，又看見路過的玩家紛紛走避，眼角忍不住抖動了好幾下，沒想到小翠的慓悍已經修練到如入無人之境的地步。

小翠又哭了幾聲，發現有機可乘，有縫可鑽，立刻拉起滿月，埋頭一竄，穿過青衣男子的中間，來到白衣少年所站立的土丘頂上。兩人一站定，小翠已經換上笑臉，那笑意濃得快滴出水來，彷彿剛才哭得慘絕人寰的是別人。

白衣少年再次被小翠爐火純青的變臉絕技驚呆。

青衣男子們反應過來，正想拔劍相向，卻被白衣少年一個眼色制止，眾人只好退了回去。

小翠目的達到後，就不管旁人了。

她拉著滿月，興奮地朝遠處的擂臺指指點點：「小姐小姐，妳看那邊，剛才我就是看到姑爺站在那裡……哎呀，他們好像比完了，真是的，如果我們再早一步，就可以看見姑爺大顯神威的模樣了！」

說到這裡，她又憤憤地朝青衣男子們瞪了一眼，青衣男子們只作不見，遇到這種潑婦，他們自認倒楣。

滿月伸長了脖子，也只能隱約辨認出風雨瀟瀟的身形，距離實在太遠了，根本看不清楚他的表情。

「小翠，我剛才好像看到他往我這邊看了耶！」滿月眼睛亮亮地說道。

小翠鄙視地瞄了滿月一眼，「小姐啊，妳該去看眼科了，這裡人這麼多，姑爺怎麼可能看得到妳？就算妳長得像天仙……」話說一半，突然頓住。

滿月覺得奇怪，轉頭看去，發現小翠正呆呆地看著旁邊的白衣少年，不由得也順著她的視線看去，這一看，也跟著愣住了。

白衣少年很不爽，極度不爽。

他生平最恨的就是自己這張比女人還漂亮的回頭率百分百的臉，更恨的是別人把他當女人看。每當有人對他露出驚豔垂涎的表情時，他就想劃花對方的臉，戳瞎對方的眼。

就在他想口出惡言的時候，忽然聽到小翠重重一嘆，再看到她那憐憫的目光，忍不住皺起眉來，怎麼跟他想的不一樣……

小翠看他一眼就嘆一口氣，看他一眼又嘆一口氣，連看好幾眼，連嘆好幾口氣，嘆得他一肚子悶火起來時，終於伸手拍了拍他的肩膀，以無比遺憾的口吻說道：「可憐的孩子，雖然老天爺給了你這張臉，但你也不用自暴自棄。俗話說的好，上天關了你一道門，就會給你開另一扇窗，就算你長成這樣，人生也可以很光明燦爛的，你……」說著又看了他一眼，嘆了一口氣，「可憐的孩子！」

滿月什麼也沒說，但那飽含同情的目光，已堅定地表示站在小翠那一方。

白衣少年只覺得一口血卡在喉頭，想吐又吐不出來，不吐又覺得重重內傷。

那種憋屈的感覺，讓他直想捶打自己的胸口。

他娘的，妳們這是在安慰醜人吧？

老子長得國色天香，老子長得貌賽貂蟬，要妳擔心要妳同情要妳安慰要妳感嘆！

妳們才是醜人多作怪，簡直是他娘的混帳透頂！

別說他滿腔怒火無處撒，漂亮的臉上有了數道裂痕，一票青衣男子更是縮緊脖子不敢吭聲。

他們從沒見過有人會這樣評價少爺的長相，更沒見過有人敢這樣貶損少爺那張沉魚落雁的容貌，也不知道等一下回去之後，少爺會怎樣拿他們出氣。

小翠根本沒注意到白衣少年氣得渾身發顫，話鋒一轉，自顧自又和滿月閒聊起來：「小姐啊，如果妳長得漂亮一點就好了，就是妳長得太普通了，姑爺才一直不上鉤。妳看妳，若是有旁邊這個人一分的漂亮，就不用老是擔心姑爺跑掉了。」

滿月又瞥了白衣少年一眼，囁嚅地反駁道：「他才不是那種只看外表的人呢！」

「妳就繼續自欺欺人吧！」小翠哼哼道。

白衣少年深深吸了幾口氣，待心情慢慢平復了些，又往遠處風雨瀟瀟的方向看了幾眼後，就背著雙手，緩緩走下土丘，離開人群。

走不多遠，一棵大樹後轉出了一名男子攔住他。

那人與白衣少年有三分肖似，但沒那麼女氣，而且俊俏至極，雙眼皮很深，襯得大眼深邃迷人，顧盼之間隱隱有著欲語還休的情意。

如果滿月看到他，肯定會跳起來。

這個俊俏的男子正是A大籃球隊的隊長，資工系四年級的顏子淵。

白衣少年見到來人，無精打采地喚了聲：「表哥。」

「看到風雨瀟瀟了？覺得如何？」顏子淵笑著問道。

白衣少年轉回心思，想了想，答道：「很強，要贏他不容易，不過……」想到剛才的對戰，不禁又說道：「我總覺得他和韋七笑那場比試有些古怪。」

「哪裡古怪？」

「感覺有些不自然，一時也說不出個具體的來，總之，他很強就是了。」

顏子淵沉吟了半天，問道：「聽說諸神黃昏要和旭日盟聯手，你覺得我們在九重天跟他們對上，有幾分勝算？」

白衣少年笑了，「哪有勝算？百分之百會輸。如果只有諸神黃昏，我們還能拚個你死我活，加上旭日盟……鳳朝陽也不是吃素的，他的實力和風雨瀟瀟應該也在伯仲之間，他們兩個公會真的結盟，我們公會只有吃土的份。」

「你這是長他人志氣，滅自己威風。」顏子淵眉頭微擰道。

「我只是實話實說。」白衣少年攤手，「我們公會雖然是前五大公會，但嚴格說來，比起諸神黃昏和旭日盟，還有嗜血狂徒，總歸也沒厲害多少，誰勝誰敗都很正常。」

這白衣少年正是趴在牆頭等紅杏的公會長，玩家口中那個喜怒無常，與其他三人並稱四大天王的雪落無聲。

雪落無聲是樂師，長期獨占樂師榜鰲頭。

樂師雖被定位為輔助職，可雪落無聲卻練就一身出神入化的本事，那霸氣的武藝，根本是一堆劍士、戰將望塵莫及的，堪稱遊戲中的另一神話。

就連同樣身為樂師的傾城公子也對風雨瀟瀟感嘆過，雪落無聲根本非人哉。

不過，與其他尊大神不同，雪落無聲是很認真在享受遊戲的樂趣，是不是第一他都無所謂，對什麼四大天王的美譽，更是半點也不放在心上。他沒有想打贏別人，他只是不喜歡輸的感覺，而且喜歡挑戰，所以他選擇了難度極高的樂師一職，所以他不知不覺走到了今天旁人難以望其項背的境界。

「總之，進了九重天，我會想辦法製造讓你和風雨瀟瀟單挑的機會，至於公會戰什麼的，我沒什麼興趣。就算旭日盟真的跟諸神黃昏結成同盟，我也不會和嗜血狂徒合作。我雖然對風雨瀟瀟無感，但更不喜歡震天雷那個人。」雪落無聲擺手說道。

「我本來就沒打算答應嗜血狂徒派來的人，震天雷不是可以信任的人，他野心勃勃，隨時有可能臨陣倒戈，跟他合作，無異是與虎謀皮。」顏子淵點頭應道，突然想到什麼似的，問道：「對了，剛才發生什麼事了，怎麼看你臉色不太好？」

顏子淵這一問，讓雪落無聲的臉色瞬間由白翻黑，頰畔的肌肉抖了又抖。

雪落無聲深深吸了一口氣，壓抑下騰騰冒起的火苗，才沉著聲音說道：「表哥，我的原則是不打女人，不過，就在剛剛我發現，有的女人根本不能把她們當女人看，這種女人天生就欠揍。以後我見她們一次就扁一次，表哥也別再跟我說什麼君子風度，我再講君子風度，就他娘的讓我出門被車撞！」

雪落無聲說完，憤憤地轉身離去。

顏子淵懵了，他似乎從未見過表弟發這麼大的脾氣，一時有些啞然。好一會兒，才轉頭問跟在他後面的一票青衣男子：「他是遇到什麼人了，怎麼氣成這樣？」

眾青衣男子紛紛無語望天。

武術比賽進行得很順利，最後毫無懸念地由風雨瀟瀟奪得武狀元的頭銜。

四大天王的另外三尊大神未參賽，而且意外的，除了風雨瀟瀟之外，韋七笑應該算得上是參賽者最強的，但他在第一輪分組比賽就敗在風雨瀟瀟手下而被淘汰了，以致於接下來的比試中，風雨瀟瀟可以在保留實力的狀態下過關斬將地奪魁。

滿月和小翠也毫無懸念地圍觀到比賽結束，直到人潮慢慢散去，滿月也沒上前「認親」。

她遠遠看著風雨瀟瀟站在臺上接受眾人喝采時的凜然風姿，恍然有種兩人之間像是隔了千山萬水遙遙相對，卻無法靠近彼此。

最初的新奇和觀賽過程中的興奮感已經消失殆盡，她忽然覺得不在她面前的風雨瀟瀟，感覺很陌生很陌生，陌生得不像她印象中的那個人。

此時此刻的風雨瀟瀟，彷彿又變回她初次在客棧裡見到的那個風雨瀟瀟。

恍惚中，她想到了夫妻任務裡的那個蕭颯。

蕭颯不勝情，孤鴻三兩聲。

如此的冷淡，如此的拒人於千里之外。

讓人有些害怕，卻又讓人有些心痛。

一種莫名的悶窒感緩緩襲上心頭，滿月情緒低落下來，什麼勁頭都沒了。

小翠再沒神經，也能感覺到身邊突然多了一大片沉甸甸的烏雲。

眼珠子轉向一邊，思索了好一會兒，看了看滿月，又轉頭看了看遠處轉身準備要離去的風雨瀟瀟，小翠開竅似的腦中燈泡一亮，拍著滿月的肩膀，狀似安撫地說道：「小姐，妳和姑爺之間已經註定一個是天一個是地，一個是鮮花一個是牛糞，這種時候再感傷就太矯情了。

現實生活中就別提了，像小姐這麼平凡的人，不可能找到像姑爺這樣的人中龍鳳，但幸好我們是在遊戲裡，小姐才會走狗屎運，賴上了姑爺。所以說，花開堪折直須折，就算小姐要人才沒人才，要錢財沒錢財，本身更是一文不值，但醜人也有追求幸福的權利。不准我們在現實生活裡動手動腳，難道還不許我們在遊戲裡做做白日夢？小姐，妳就勇敢地上吧，小翠絕對會做小姐最堅實的後盾！」

滿月被小翠這番看似勸慰實則貶抑的話，噎得悲秋傷春的情緒一毛都不剩了。

「小翠，有時候我真羨慕妳的個性啊！」滿月感慨地說道。

小翠撇了撇嘴，她本來就是獨一無二的！

滿月看著小翠那沒心沒肺的模樣，不死心地又追問道：「妳真的覺得我和風雨瀟瀟之間沒有可能？」

「當然不是！」小翠鄙視地斜睨滿月，「小姐啊，妳真是沒有自知之明，傻呀！妳和姑爺不是沒有可能，而是根本一點點一咪咪的可能都不會有！」

「……」

滿月覺得會問小翠這種問題的自己，果然很傻。

兩人最後還是默默地望著風雨瀟瀟和傾城公子等人離開，然後相偕回到黑到不行客棧。

滿月垂頭喪氣地趴在角落的桌上，兩眼無神地看著大廳裡人來人往，第一次覺得這種全息型網遊擬真到真假莫辨也不是好事。

在遇見風雨瀟瀟之前，她可以很輕易地區分遊戲和現實的不同，但自從認識風雨瀟瀟之後，她好像越來越分不清真假的界限，是因為越是靠近他，反而越混亂嗎？

滿月越想越悶，整張臉幾乎要貼在桌面上了。

大廳的另一邊，小棒槌看見滿月的面色跟他發現自己撿回來的寶貝七彩石頭被舅舅「不告而借」拿去黑市賣錢時的表情一樣，蔫得像霜打的茄子，就想上前安慰她，卻被小翠攔住。

「小棒槌，我家小姐正在思考人生大事，現在生人勿近！」

「啊？」小棒槌一臉茫然，「生人是誰？」

「生人是指活人，像小棒槌就是生人，不過，這不是重點，重點是，你現在不能過去。」

「滿月是不是有東西被我舅舅拿去賣掉了?上次舅舅偷拿我的石頭去賣，我也像滿月這樣。」

「不是，跟大掌櫃無關，我家小姐是在思春。」

「什麼是思春？」

「思春就是……嗯，思春就是說，我家小姐在發情。她在想我家姑爺，所以發情了。」

「發情？」小棒槌恍然大悟，「對了，悠葉前天說他家的小黃看到人就黏上去，一定是在發情！可是，滿月發情怎麼不像小黃發情那樣黏人？」

「因為我家小姐是人不是狗啊，人和狗發情的反應是不一樣的。」

「小翠發情時，也是像滿月這樣嗎？」

小胡飛刀恰好從兩人身旁經過，聽見這段對話，忍不住噗哧一聲，捂著嘴，轉身想繼續跑堂去，誰知一回頭就看見大掌櫃黑得像鍋底的臉。

大掌櫃聽到小翠告訴小棒槌的那些話，不由得眼角猛抽，咬牙切齒地說道：「小翠姑娘，我家小棒槌還小，請妳以後不要跟他說一些兒童不宜的話！」

「啊？哪裡不宜？你是說發情嗎？」

大掌櫃眉頭一擰，拎起小棒槌的後衣領，進廂房再教育去了。

滿月沉浸在自己的思緒中，完全沒有注意到另一邊的動靜。

她長吁短嘆了大半天，也沒得出個結論來，末了，見時間晚了，就向大掌櫃請了幾天假，然後登出遊戲。

接下來幾天，滿月都沒有再登入遊戲，有好幾次已經把電腦接上遊戲專用的主機了，偏偏下不了決心按下「登入」鍵。她也不知道自己是怎麼了，就是覺得有些發慌。

小翠，不，應該說是方曉妮，打了幾次電話給她，她也沒接。

住在同一個屋簷下的小雅，連續幾天見滿月像遊魂般晃過來晃過去，不僅沒像之前那樣天天進遊戲報到，連在學校上課也頻頻走神，有一次還倒楣被教授抽點到。

她終於忍不住了，拉著滿月說道：「大雅上次提到的那個我們班上跟電機系的聚餐聯誼妳也去吧，妳最近老是像蒼蠅一樣到處亂轉，轉得我都煩了。妳就當去散散心，說不定還能找到真命天子喔！」

滿月前不久跟她解釋過，她跟T大的蕭颯是在遊戲中認識的，並不是真的有什麼關係。也因此，她還存著撮合滿月和顏學長的念頭，不過，一切都還未定，眼下又有其他機會認識別的男生，她想著再推滿月一把。

「妳也要去嗎？」滿月驚奇，「妳不怕妳家大石頭吃醋，拿球把人家砸了？」

「我去吃飯，又不相男人，有什麼好怕的？再說，人多熱鬧嘛，我去混個臉熟，交個朋友，大石頭不會那麼小心眼啦！」小雅笑著說道。

人家名花有主了還這麼大方，相較之下，她這根沒主的雜花再彆扭下去，就又要變得矯情了。只是小雅一提到聯誼兩個字，她的腦海中就不自覺閃過蕭颯的臉龐，讓她心虛起來。

滿月忸怩了好一會兒，到底也沒說去還是不去。

小雅才不會理會滿月那點小心思，隔天到學校就直接幫她報名了。

在她看來，滿月肯定是在遊戲裡失戀了，對象極有可能是T大的蕭颯，所以這幾天才會失魂落魄的。而治療失戀最好的良藥就是，再展開一段新戀情。因此，不管聯誼有沒有成功，她想著至少能轉移滿月的注意力，讓她不再繼續每天端著一張寡婦臉。

果然，到了星期六那天，臨近中午，小雅就來敲滿月的房門了。

滿月正好又在糾結要不要登入遊戲，於是門一開，小雅就看見滿月那副像吞了蒼蠅似的憋屈尊容。她沒好氣地拍了一下滿月的頭，催促道：「快點去換一件能見人的衣服，就妳現在這張苦瓜臉，不知道的人，還以為我們是去奔喪咧！」

滿月鼓起雙頰，嘟著嘴，掉頭進去換了襲兩件式的碎花長袖棉衫，套了件銀灰緞面窄管七分褲，足蹬銀色低跟露指涼鞋，再加上自然捲的長髮紮成馬尾，繫了與上衣相同款式的碎花髮帶，整個人看起來可愛中帶了三分俏麗。

「不錯，比妳平常那個邋遢樣好多了。雖然跟大雅比還是差很遠，但至少看得出誠意來。」

兩系的聯誼地點是選在學校鄰近商圈的一間知名自助式歐風餐廳，因為參加的人數有將近三十人，所以發起人早早就包下二樓的座位。

大雅也是發起人之一，很早就過來打點，而後腳跟到的滿月，一見到大雅，才知道小雅口中的「差很遠」是差了多遠。

大雅穿了一身剪裁合身的水藍色斜肩及膝小洋裝，腳踩銀藍色高跟鞋，披了一條雪白層疊羽毛披肩。烏黑的長髮在後腦杓挽了個簡單的髮髻，露出修長的脖頸，耳朵上更掛著兩條金色流蘇耳環。整身行頭打量下來，既高貴又典雅。

不就是聯誼而已，至於這麼隆重嗎？

「大雅，妳是等一下要去喝喜酒嗎？」滿月愣愣地問道。

大雅賞了滿月一記白眼，好像是在說她不解風情，然後一甩頭，噠噠噠，踩著高跟鞋，和別人寒暄去了。

「滿月啊，妳真是……該怎麼說妳才好？」小雅搖了搖頭，「喏，妳看那邊！」

滿月順著小雅下巴抬起的方向看去，看到一個穿著打扮完全不遜於大雅的女孩正嬌笑著。這個女孩身著酒紅色露肩曳地小禮服，那塗了豔紅唇膏的嘴唇一翕一張的，整個人好不快活。

如果說大雅是去參加喜宴的，那麼這個女孩就是宴會上說「我願意」的女主人。

也就是看到這個女孩的打扮，滿月才恍然大悟大雅為什麼也不同於往常。

這女孩叫做江思潔，是她們的同班同學，卻和大雅是「有妳沒我」的死對頭，她和大雅的樑子是在大一時結下的。

當時，哲學系上辦了一個系級學園美少女選拔，江思潔、大雅都入圍了，在決選前三天，也不知怎麼的，系上的論壇突然出現了一個抹黑大雅的帖子，雖然後來大雅有出面澄清，但最後還是落選了。

大雅不甘心，後來順藤摸瓜，逮到了幕後黑手，竟然是江思潔。

江思潔自然是打死不認，不過從那時開始，兩人就事事爭頭，尤其她們又都是所謂的美女，其他事也就罷了，舉凡與外貌有關的事，就要爭個高下不可。

因此，大雅和江思潔此時的盛裝，明顯是來示威，不是來聯誼的。

可是，聯誼穿成這樣……滿月瞄了正在樓梯口與陸續前來的人打招呼的大雅一眼，怎麼看都覺得不太聰明。

小雅知道滿月在想什麼，拍了拍她的肩，說道：「放心，大雅根本對那些男生沒興趣，也不在乎他們的看法。她也知道這種做派太沒腦子，可她就是見不慣江思潔那樣，才故意跟她別苗頭。大雅昨天晚上還跟我說，只要能讓江思潔吃癟，她今天就值得了。」

傷敵一千，卻自損八百！

滿月囧。

不過，事實證明，這種傷敵一千自損八百的舉動還是有效的。

當人都到齊，分別進行完自我介紹後，就開始進入今天的重頭戲，吃到飽——這是對小雅而言。其他人的重頭戲則是一邊優雅地用餐，一邊眼觀四面耳聽八方，鎖定心中的真命天子或真命天女，伺機而動，乘隙而入。

其中，最出風頭的，當屬像兩隻花蝴蝶般穿梭在眾多少年少女之間的大雅和江思潔。

電機系報名參加的男生，兩人早就摸透他們的身家背景，但這不是重點，堪稱外貌協會榮譽董事的她們，幾天前就把每個人的長相認清，確認沒有極品後，就放心地把目標放在打壓對手上。

不料，電機系有個男生卻把他的好朋友拉來作陪，而他這個好朋友一出現，在場的諸位女學生都情緒沸騰了。

來人是T大大眾傳播系三年級的學生，據說立志畢業後要當主播。

觀其氣質斯文爾雅，臉蛋端正清秀中帶了三分俊逸，說起話來又甚是悅耳動聽，倒真是塊當主播的料子。

這人一來，就搶走現場所有男生的風采，大雅和江思潔更是目光一閃，都在彼此眼中看到了劈啪響的火花和昂揚的鬥志。然後，滿月就看到班上稍微有些姿色的女生視線頻頻往那男生身上打轉，不時還找機會湊過去攀談，只是，她們都比不過戰鬥力強大的大雅和江思潔。

那位男學生倒也有趣，看到大雅和江思潔穿戴得像要參加喜宴的模樣，只多看了她們一眼，就笑得如沐春風，自然而然和她們交談起來。

不過，他似乎跟大雅更談得來，給她的笑臉多了一些。

幾輪過招之後，江思潔敗陣下來，但她沒氣餒，不到最後關頭，鹿死誰手還不知道。

她暫時先退出烽火圈，打算養精蓄銳後再戰。於是，走到櫃檯點了一杯雞尾酒潤喉，正準備上戰場時，餘光瞥到坐在角落裡吃得不亦樂乎的小雅和滿月。

「滿月啊，妳有沒有發現斜前方那個男生在偷看妳？」

「他是在偷看我們後面那桌的凱晴。」

「……」

「滿月啊，剛才我們去拿餐點時，站在妳旁邊那個男生有多看妳兩眼耶！」

「哦，因為我『不小心』把最後一塊牛小排夾走了，他盯那塊肉盯很久了。」

「……」

「滿月啊，櫃檯那個調酒師一直在看妳唷！」

「他跟我說未成年不准喝酒，還要我拿身分證給他看，證明我已經成年。」

「……」

好吧，小雅已經不知道該說什麼了，最後只得對著埋頭苦吃，旁邊還堆了小山一般高的盤子的滿月說道：「滿月啊，我從來不知道妳比我還能吃耶！」

滿月百忙之中，抬頭說了句：「因為我在發洩。」

小雅決定閉上嘴巴，對於這樣癡情不改、此生不換的孩子，妳還能說什麼呢？

「陶文雅、杜彌月，妳們兩個怎麼自己躲在這裡吃東西？」

江思潔清亮的聲音從頭頂落下來，小雅嘴角抽了一下，她最恨別人直呼她的全名，偏偏江思潔還哪裡痛往哪裡踩。

滿月是沒心情，小雅是壞心情，兩人都默默低著頭繼續吃，誰也沒搭理江思潔。

想也知道她是在大雅面前沒討到好，所以跑來這裡找場子了。

江思潔沒有眼色地自顧自拉開椅子坐了下來，一副準備和兩人長談深敘的架勢。

「陶文雅，妳們這可不行喔！難得有今天這樣的機會，應該多認識一些人！要不要我幫妳們介紹？」江思潔指了指與她們相隔兩桌的平頭男，「他叫做陳俊豪，家裡開機車行，算是小開吧。」又指了指隔了三桌的眼鏡男，「他叫做吳世傑，爸爸是醫生，家裡很有錢。」

江思潔劈里啪啦點名了幾個男生，聽得小雅倒起胃口，忍不住板起臉來打斷她：「我已經有男朋友了。」

「我知道，土木工程系的石彥生學長嘛！不過，沒有結婚前，大家都有交朋友的權利，多認識一些人可以多比較啊！」

「又不是在挑豬肉……」小雅咕噥道。

江思潔矛頭一轉，把話鋒轉向一聲不吭只悶頭狂吃的滿月。

「杜彌月，我覺得妳跟那個吳世傑挺配的，要不要我幫你們牽線？他那個人好說話，跟妳一定聊得來。」江思潔語重心長地說道：「妳長得雖然還算不錯，可是太被動也不行，妳看那些男生都圍著柳清雅打轉，站在她旁邊，妳只有被比下去的份啊！」

這是見縫插針、挑撥離間了？

滿月皺眉不吭聲，小雅卻是忍不下去了，她本來就不是那種罵不還口的人。

「江思潔，我和滿月都有男朋友了，不勞妳費心！」

江思潔微愣，立刻又反應過來，笑咪咪地說道：「妳們就不要打腫臉充胖子了，我知道妳有男朋友，但杜彌月可沒有，還是讓我幫妳們介紹一下吧。」

「讓妳介紹？」小雅嗤了一聲，一眼掃過在場的所有人，「只怕加上這裡所有的人，都比不過滿月男朋友的一根手指頭！」

滿月愣了一下，狐疑地看向小雅，她說的該不會是……

江思潔注意到滿月的神情，更加確信小雅是在虛張聲勢，信口開河，不由得心中篤定，笑道：「文雅啊文雅，我們同學都當這麼久了，何必在我面前說大話？不然妳說說彌月的男朋友是誰，對了，乾脆現在找他過來，大家交個朋友！」

小雅張嘴想反駁，滿月朝她搖了搖頭，示意她別再說了。

江思潔很得意，正想乘勝追擊再說兩句，忽然發現通向一樓的樓梯口有些騷動，說笑中的眾人紛紛朝那個方向看了過去。

好像是有什麼人來了，就見負責接待的女學生迎了上去，在和對方說著什麼。

滿月因為是背對樓梯口坐著，看不到來人，所以沒發現有什麼不對勁的地方，直到坐在對面的小雅拚命朝她擠眉弄眼，擠得眼皮快抽筋了，她才覺得奇怪地也轉身看去。

起初，接待的女生擋住了來人的身子，她看了半天沒看出個所以然，等到那女生移動腳步，側身讓人進來時，她才看清楚來人的模樣。

這一看，卻傻眼了。

來的人是兩個男生，一個是身著粉紅襯衫、白色長褲的美男子，另一個則是黑衣黑褲，還戴著墨鏡的男子。前者始終嘴唇上揚，笑得極為風流倜儻，後者則神情冷峻，面容沒半分鬆動，但是氣場強大，讓人很難忽視。

傾城公子和風雨瀟瀟！

他們怎麼會在這裡出現？

滿月嘴巴微張，錯愕得說不出話來。

蕭颯對周遭的竊竊私語置若罔聞，眼神淡漠地逐一掃過眾人的臉孔，最後才在角落看到那個多日不見的小包子。

平生不會相思，才會相思，便害相思。

凝視著那張紅撲撲的蘋果臉，他的嘴角幾不可見地勾了一下，伸手摘下墨鏡，掛在胸前的口袋，在眾目睽睽之下，逕自朝滿月走了過去。

滿月回過神來，立刻心虛地轉回身，正襟危坐，緊張得抓著杯子裡的吸管猛吸果汁。

四人座的方桌只剩下一個空位，蕭颯拉開滿月旁邊的椅子落坐，無視同樣在座的小雅和江思潔的目光，只是旁若無人地盯著頭快垂到桌面上的滿月。

沉默了不知多久，滿月才聽到蕭颯略帶磁性的嗓音：「好久不見。」

滿月嘴裡還含著果汁，慌亂地如蚊蚋般「嗯」了一聲。

「聽小棒槌說，妳最近在發情！」

滿月支在桌上的手肘一滑，一口果汁全吸到氣管裡去了。

（上集完）

漫畫小劇場

玩網遊的理由

她與他的喜歡

四格小劇場

雲端／故事
櫻井　實／漫畫

他們的日常

後記　千言萬語，盡在「謝謝」中

收到編編的信，才驚覺原來還要寫後記。

在修稿的過程中，一邊思索著後記應該要寫什麼，結果等到修完了稿，還是連一個字也想不出來。想來想去，都是只有一句：「謝謝買了這個故事的你（妳）們！」

不過，只寫這麼一句當然是不行的，編編開玩笑地勒令，後記不得低於兩百字。

於是，我開始努力回想從開稿、連載到完結的種種。

《娘子說了算》是我第二部完結的網遊愛情小說，與前一部相比，這部其實寫得不是很順利，因為家裡和工作上遇到一些難過的事情，所以中途曾經中斷更新幾個月。

這個故事的開稿時間是二〇一三年四月，完稿則是在二〇一四年四月，短短的十七萬字（初稿），竟然前後拖了一年才完成。幸好在連載及斷更期間，都有讀者很有毅力地留言打氣兼催稿，我才能在即使加班回到家都累癱了的情況下，還是咬著牙熬夜一個字一個字地碼文。

當初開始寫《娘子說了算》的時候，只是單純想寫一個讓人看了會覺得舒心的故事。

生活有很多憋悶的地方，作者何苦難為讀者，我還是來散播歡樂散播愛吧，因此，才有了這麼個歡快的故事誕生。

可是故事歡快，寫的人可一點都不歡快。

遊戲任務的設計很讓人傷腦筋，男女主角的愛情要如何發展也很讓人傷腦筋，但是最最最讓人頭痛的，卻是「笑點」。

每個人的笑點不同，我自己也不是個有幽默感的人，甚至朋友都覺得我是個正經八百的人，所以選擇寫這樣的小說，簡直是自己挖坑給自己跳，可頭都洗了一半，怎麼能在這時候停手？結果就是，常常為了某個角色的某一句話，可以卡上個三五天，甚至十天半個月。

在連載的時候，我一直戰戰兢兢的，也不知道我自以為的笑點，能不能讓讀者發笑，後來陸續看了一些讀者的留言，我才能真正放下心來，幸好還是有人跟我的頻率對上了（笑）。

在《娘子說了算》裡，有個我以前從沒寫過，以後可能也不太有機會再寫的角色，那就是一口氣能劈里啪拉飆幾百個字，還不需要標點符號的小翠。

她真的很吵（掩嘴笑），連編編都問我寫番外時，能不能寫一篇讓小翠吃癟的故事。

事實上，小翠的剋星有兩個，也都出現過，其中一個只聞其名不見其人，另外一個則是要他開口就像要他的命。面對小翠這個女主角口中的「人間凶器」，也只有這兩人能讓她吃癟，可惜他們都沒有這種興趣，所以，小翠依然是天下無敵。

最初，在我的設定裡，小翠並不是這個樣子的，只是不知怎麼的，她就自己「演」了起來，還演得這麼歡脫，等到我這個當媽的驚覺時，已經拉不回她了，只好任由她「自立自強」。果不其然，她後來就像女主角說的，即使世界末日來了，都能頑強地活下去。

還有一個角色我寫得也很順手很快樂，那就是風流而不下流的傾城公子。

他的紅顏知己滿天下，但我特別喜歡他對兄弟的情義。

除了男女主角之間的愛情，我最喜歡的就是男主角與朋友們之間的互動，只是礙於篇幅有限，這方面的著墨並不是很多。比起愛情，有時候，男人的友情更能讓人動容。

在這一集裡，有個可能有爭議的橋段，就是男女主角相愛相殺的夫妻任務。

這是個不在預定中的意外。

想不起來當時為什麼會加入這段了，只是覺得似乎就該如此。

男女主角之間需要一點刺激來催化感情，可是光靠平時的互動是不夠的。一個是戰鬥職業，一個是生活職業，交集不多，所以兩人在遊戲裡結婚之後，理所當然就是解夫妻任務，而且還理所當然「人品爆發」抽中了相愛相殺的任務。

曾有其他出版社的編輯建議刪除這段，但我前後思考了很久很久，最後還是留了下來。

這個任務我費了很多心力構思，幾乎是每字每句逐一斟酌，不時揣摩男女主角在任務中的各種心境變化。也許不完美，也許不成功，但我確確實實用了心，也盡了力。

謝謝晴空的編編很勇敢地讓我保留不刪改，給編編點三十二個讚（笑）。

其實，這個任務還有後續，有興趣的讀者，敬請期待下集喔！

看完這一集的你（妳），如果有任何想法或建議，歡迎到我的 FB 粉專跟我分享。

最後，非常感謝殘楓大人畫了美美的封面圖和美美的風雨瀟瀟及滿月。在收到編編寄來的線稿圖時，我已經被美得震翻一次，接下來就每天望穿秋水，等著編編寄上完色的彩圖來。

等到後來收到完稿圖時，我果然是被震得找不著東南西北了。

真是太漂亮、太漂亮、太漂亮了！

當下默默在心裡尖叫，很希望這麼美的圖快點讓大家看到。

請殘楓大人接受我虔誠的膜拜（合掌）。

也謝謝櫻井實大人，把我寫的這麼無趣的劇本，畫成了有趣的四格漫畫。

另外，還要感謝美編大人設計了美美的封面、美美的人設彩頁、美美的書籤，我已經把風雨瀟瀟的書籤設定成手機桌布，每天早晚三炷香了。

最後的最後，謝謝在這個故事連載期間始終不離不棄的人，謝謝在連載與停更期間每一個留言的人，更謝謝買了這個故事的你（妳）們，咱們下集再見囉！

雲端的 FB 粉絲專頁：https://www.facebook.com/cloudtale

雲端 2014/10/23

快來吧！
錯過就只能等明年囉！

晴空家族
2014 集點活動開麥拉

超值好康獎不完，千萬別錯過！

為慶祝晴空家族成立，麥莉莉要來舉辦好康大放送的活動了！凡購買晴空家族 2014 年 11 月底至 2015 年 3 月底出版之指定新書，集滿任 10 本書腰或折口截角上的「晴空券」，就有機會獲得晴空家族 2015 全新推出的獨家限量好禮，一年只有這一次，機會難得，請快把握！

活動辦法

請於 2015 年 4 月 15 日前〈郵戳為憑〉，剪下晴空家族指定書籍內附的「2014 晴空券」10 點，貼於明信片上，並於明信片上註明真實姓名、電話、年齡、學校〈年級〉或職業別、住址、e-mail，寄送到 104 台北市中山區民生東路二段 141 號 5 樓「晴空家族 2014 集點活動收」，就能參加抽獎。

獎品

【名額】以抽獎方式抽出 20 名幸運讀者
【獎品】送 2015 年書展首發新書全套周邊精品。
【活動時間】於 2015 年 5 月 5 日抽獎，5 月 15 日在「晴空萬里」部落格公布得獎名單，並於 6 月 1 日前寄出獎項。

注意事項

1. 單書的「晴空券」限用一張，如同一本書重複寄了兩張以上晴空券參加抽獎活動，將以單張計，不另行寄還，如晴空券不足 10 張，將視同棄權。
2. 主辦單位保留隨時修正、暫停或終止本活動之權利，如有變動將另行公布於「晴空萬里」部落格。
3. 活動辦法及中獎名單以「晴空萬里」部落格之公告為準。
4. 本活動獎品之規格及外觀以實物為準，網頁／書封／廣告上圖片僅供參考，獎項均不得轉換、轉讓或折現。**主辦單位保留更換活動書單與等值獎品之權利。**

〔預定參加書單〕

漾小說	綺思館		狂想館
沖喜 1-5（完）	喂，別亂來（上、下）	娘子說了算（上、下）	縷紅新草（上）
許你盛世安穩（上、中、下）	出槌仙姬 1-2	夫君們，笑一個 1	超感應拍檔（上）

綺思館 001

娘子說了算（上）

國家圖書館出版品預行編目資料

娘子說了算 / 雲端著. -- 初版. -- 臺北市 : 晴空,
城邦文化出版 : 家庭傳媒城邦分公司發行,
2014.12-
冊； 公分. --（綺思館 ; 1-）
ISBN 978-986-91202-0-3（上冊 : 平裝）

857.7 103021439

作者 雲端
封面繪圖 殘楓
責任編輯 施雅棠 羅婷婷
國際版權 吳玲緯
行銷 陳麗雯 蘇莞婷
業務 李再星 陳玫潾 陳美燕 杻幸君
副總編輯 林秀梅
副總經理 陳瀅如
編輯總監 劉麗真
總經理 陳逸瑛
發行人 凃玉雲
出版 晴空
城邦文化事業股份有限公司
104台北市中山區民生東路二段141號5樓
電話：（886）2-2500-7696 傳真：（886）2-2500-1967
發行 英屬蓋曼群島商家庭傳媒股份有限公司城邦分公司
104台北市中山區民生東路二段141號2樓
客服服務專線：(886)2-2500-7718；2500-7719
24小時傳真服務：(886)2-2500-1990；2500-1991
服務時間：週一至週五09:30-12:00；13:30-17:00
郵撥帳號：19863813 戶名：書虫股份有限公司
讀者服務信箱E-mail：service@readingclub.com.tw
晴空 部落格 http://sky.ryefield.com.tw
香港發行所 城邦（香港）出版集團有限公司
香港灣仔駱克道193號東超商業中心1樓
電話：852-2508-6231 傳真：852-2578-9337
E-mail：hkcite@biznetvigator.com
馬新發行所 城邦（馬新）出版集團【Cite(M)Sdn. Bhd.(45832U)】
411, Jalan 30D/146, Desa Tasik,Sungai Besi, 57000 Kuala Lumpur, Malaysia.
電話：(603) 9056-3833 傳真：(603) 9056-2833
Email：cite@cite.com.my
封面設計 L-YL
內頁排版 洸譜創意設計股份有限公司
印刷 鴻霖印刷傳媒股份有限公司
初版一刷 2014年12月02日
初版三刷 2015年11月24日
定價 250元
ISBN 978-986-91202-0-3